Collection **DELLY**

Collection DELLY

LES SEIGNEURS LOUPS

A la librairie TALLANDIER

Dans la même collection :

DELLY

LES SEIGNEURS
LOUPS

LIBRAIRIE JULES TALLANDIER
17, rue Remy-Dumoncel, PARIS (XIVᵉ)

© *Librairie Jules Tallandier, 1950.*

LES SEIGNEURS LOUPS

PREMIÈRE PARTIE

I

En serrant autour d'elle la grande cape noire dont le capuchon couvrait sa tête, Oriane passait comme un léger fantôme sombre dans la somptueuse blancheur de la forêt encore parée de ses neiges. Elle marchait aussi vite que le lui permettaient les sentiers glissants, car la nuit était proche maintenant. Sa grand-tante allait s'inquiéter, et aussi Claude, le vieux serviteur fidèle. Mais son goût pour la solitude majestueuse de la forêt l'avait dominée, une fois de plus. Elle y avait cherché, pour quelques instants, l'oubli du passé douloureux et celui de l'inquiétant présent. Car l'année 1793 allait finir, et elle avait été marquée à son début, pour les Cormessan, par l'expulsion hors de leur château de Pierre-Vive, vendu comme bien national à un marchand de chevaux du pays, Paulin Plagel. Ils s'étaient réfugiés dans une maison de garde que leur louait ledit Plagel, satisfait de les avoir délogés pour se mettre à leur place. Auparavant, ils n'étaient pas très riches. Maintenant, c'était la pauvreté, le continuel souci du lendemain.

Et d'autres angoisses encore, d'autres douleurs pesaient sur l'âme d'Oriane, sur celle de Mlle Elisabeth, sa tante, mortellement atteinte dans sa santé.

A travers le grand silence de la forêt neigeuse, l'appel d'une voix masculine retentit tout à coup :

— Mademoiselle Oriane !

— Me voilà, Claude !

Quelques instants plus tard, la jeune fille et le vieillard se rencontraient. Claude dit sur un ton grondeur :

— Vous serez donc toujours la même, Mademoiselle ? Si la pauvre demoiselle ne s'était pas endormie, elle aurait encore été bien inquiète. Pensez donc, avec tous ces vilaines gens d'aujourd'hui !

— Je ne rencontre jamais de ceux-là dans la forêt, mon bon Claude. Nos bûcherons, nos forestiers restent fidèles à leurs maîtres, au fond...

— Il ne faut pas trop se fier à certains d'entre eux, je le crains. Plagel est adroit pour propager ses idées révolutionnaires, et surtout son neveu, Victorien...

— L'ami de mon oncle.

Un douloureux mépris s'élevait dans la voix jeune, au timbre pur et harmonieux.

— Hélas ! murmura le vieillard, dont la face ridée se contracta pendant quelques secondes.

Ils avançaient tous deux dans le sentier, en se

hâtant. Claude reprit, après un instant de silence :

— Je me demande s'il faudra prévenir M. Charles que Mademoiselle est plus mal ?

— Non, certes, non !

La réponse fut jetée avec indignation.

— ... Il n'est plus rien pour nous, puisqu'il a tout renié : son roi, sa religion, les traditions de sa famille, pour s'affilier à la Révolution qui a tué Louis XVI, la reine et tant, tant des nôtres !

— Oui... mais il faut, malgré tout, garder quelques ménagements, Mademoiselle ! Songez qu'étant l'ami de ces Plagel, il peut faire beaucoup de mal, à vous dont il connaît les sentiments contre lui, au cher petit M. Aimery.

— C'est un misérable ! dit sourdement Oriane.

La maison forestière, dernier asile des Cormessan, apparaissait au bord d'une clairière. Claude ouvrit la porte et s'effaça pour laisser entrer sa jeune maîtresse. Dans la petite salle déjà obscure, un frêle garçon aux cheveux blonds bouclés, aux yeux trop grands dans un visage émacié, se leva et vint à Oriane.

— Comme tu rentres tard !

— Oui, j'ai encore oublié l'heure, mon petit Aimery.

Le bras d'Oriane s'étendit pour attirer à elle le jeune garçon dont elle baisa le front.

— Ma tante ne s'est pas réveillée ?

— Je ne l'ai pas entendue, répondit Aimery.

Au même instant, de la pièce voisine, une voix un peu chevrotante appela :

— Oriane !

La jeune fille enleva sa cape et entra dans la chambre étroite qui renfermait un petit lit, une table et deux chaises. Dans le lit se trouvait une vieille femme coiffée d'un bonnet bien blanc, qui faisait ressortir la nuance terreuse du visage où déjà la mort prochaine mettait sa marque. Deux yeux encore vifs et beaux se tournèrent vers Oriane dont le pas léger semblait effleurer, sans bruit, le sol grossièrement carrelé.

— Vous voici réveillée, ma chère tante ? Comment vous sentez-vous ?

— Pas bien, enfant. La fin approche...

— Oh ! ma tante, ne parlez pas ainsi.

Oriane se penchait, posait deux mains frémissantes sur le bras de la vieille dame.

— Il faut voir courageusement la vérité, mon enfant. Je sais d'ailleurs que tu as une âme énergique, un cœur digne de la race dont tu es issue. Aussi ai-je résolu de te dire, ce soir, quelle détermination tu devras prendre, dès que j'aurai quitté ce monde.

Mlle Elisabeth fit une pause, pendant quelques instants. Oriane s'était assise près du lit. Les dernières lueurs du jour arrivaient jusqu'à ces deux femmes dont la ressemblance était indéniable, en dépit des nombreuses années qui les séparaient. La beauté d'Elisabeth de Cormessan avait été célèbre dans tout le comté ; on en avait parlé jusqu'à Versailles, où elle n'aurait point craint de rivales, prétendait-on. Mais Mlle de Cormessan s'était volontairement retirée du monde après la mort de son fiancé, tué à la bataille de Forbach, et bien peu depuis lors, en dehors des gens d'alentour, avaient pu voir cet admirable visage, ces ardents yeux noirs, cette chevelure qui semblait faite d'une soie merveilleuse aux tons chauds, dorés ou cuivrés selon les caprices de leurs reflets.

Oriane était une image vivante de sa grandtante à vingt ans. Seuls, les yeux différaient. Entre les cils bruns, soyeux, ils apparaissaient d'un bleu profond, et, parfois, semblaient presque noirs, tandis qu'à d'autres moments ils rappelaient une belle eau mystérieuse dorée par la lumière. Mlle Elisabeth n'avait jamais eu cette physionomie d'un charme énigmatique, qu'elle considérait aujourd'hui en songeant avec une sorte d'angoisse : « Je ne connais pas bien l'âme de cette enfant. »

Après un petit temps de silence, la vieille demoiselle reprit la parole, d'une voix oppressée :

— Quand je ne serai plus là, votre oncle voudra vous prendre sous sa tutelle...

— Oh ! jamais, jamais...

Oriane se redressait, dans un élan d'ardente protestation.

— ... Lui, cet indigne, ce rénégat !

Ses lèvres frémissaient, une lueur de mépris indigné passait dans son regard qui, tout à coup, révélait l'âme ardente, fière, cabrée devant l'injustice et la méchanceté humaines.

— Oui, hélas ! il est cela, murmura Mlle Elisabeth. Mais il a des droits légaux sur ton frère et sur toi. Or, tel qu'il est, je ne puis supporter la pensée de vous laisser entre ses mains !

— Je n'y resterais pas, ma tante ! Je fuirais,

avec Aimery et notre fidèle Claude. N'importe
où ! Mais rester sous sa tutelle, jamais !

— Non, pas n'importe où... Il est un lieu où
vous pourrez vous réfugier, hors de France,
jusqu'au jour où sera relevé le trône de nos rois,
et la paix rendue à la France.

Mlle Elisabeth s'interrompit un moment pour
reprendre un peu de souffle. Oriane, le front
penché, croisait fébrilement sur sa jupe usée
deux mains délicates, deux charmantes mains de
patricienne.

— ... Notre cousine la chanoinesse ne refusera certainement pas de vous donner asile, en
de telles conjectures. Dès que je ne serai plus, il
faudra gagner l'Autriche. Claude, à qui j'en ai
parlé, a déjà préparé son plan. Vous partirez de
nuit, en passant la frontière, avec l'aide de
Philon, le contrebandier, qui nous est tout
dévoué. Mais il vous faudra de l'argent. Dans la
première ville suisse que vous atteindrez,
Claude vendra les quelques bijoux que j'ai
conservés comme suprême ressource. Vous
aurez ainsi de quoi aller jusqu'à Rupesheim, où
réside le chapitre dont fait partie Mme de Fonteilleux.

— Nous ferons ainsi, ma tante, dit fermement
Oriane.

Puis ses paupières s'abaissèrent et le long de la
joue blanche, nacrée comme le pétale d'une rose
délicate, une larme glissa, lentement.

Mlle Elisabeth la vit. Sa main ridée s'étendit
pour prendre l'une des mains de sa petite-nièce.

— Dieu t'aidera, mon enfant. Sois pieuse,

droite et pure, toujours, fais ton devoir, quoi qu'il doive t'en coûter...

Elle s'interrompit, considéra un moment Oriane avec une sorte de curiosité mêlée d'angoisse. Les paupières se relevaient, les yeux apparaissaient dans toute leur mystérieuse beauté, sous un voile de larmes. Mlle Elisabeth soupira, en pressant la main de la jeune fille.

— Je ne t'ai pas bien connue, Oriane. Je n'ai pas su attirer ta confiance. Toujours, j'ai eu l'âme un peu fermée, j'ai vécu dans une tour d'ivoire. Ta nature, je le vois bien, a sur ce point quelque ressemblance avec la mienne.

Oriane inclina affirmativement la tête.

— Ce peut être parfois une faute, reprit Mlle Elisabeth. C'en fut une, du moins pour moi, je le reconnais maintenant. Quelque chose en toi, ma fille, m'est resté inconnu. Et cet inconnu, cette énigme que je vois dans tes yeux, voilà ce qui me tourmente, Oriane... ce qui me pèse comme un remords.

— Ma tante !

Oriane se penchait vers la vieille demoiselle et son jeune visage se trouva tout près de la figure terreuse, parsemée de rides. Un sourire entrouvrit ses lèvres pendant quelques secondes, tandis qu'elle disait tout bas :

— Oh ! chère, chère tante, n'ayez pas de remords ! Sans paroles, vous avez été pour moi l'exemple de toutes les vertus. Et il n'y a rien en moi de bien mystérieux, je pense.

Quel jeune, pur, délicat sourire ! Mais toujours, dans les yeux, subsistait ce mystère qui laissait une perplexité dans l'esprit de la mourante.

— Tu clos un peu trop ton âme, Oriane. Je n'ai pas su pénétrer jusqu'à elle. Quelqu'un aura-t-il ce pouvoir, un jour ? Peut-être... mais souviens-toi, enfant, que si l'amour vient te visiter, tu ne dois pas lui laisser prendre le pas sur le devoir. Les femmes de notre race ont la réputation de s'attacher, passionnément, et pour jamais, à qui elles donnent leur cœur. Garde donc le tien avec vigilance, pour ne pas le livrer à un indigne. Meurs plutôt que de déchoir, reste digne de tes aïeules qui, presque toutes, furent de nobles et vertueuses dames.

Toujours penchée vers sa grand-tante, Oriane l'avait écoutée avec une déférence recueillie. Au bord des paupières, les cils palpitaient à peine, et les joues gardaient leur pure blancheur de nacre. Quand M\ :superscript:`lle` Elisabeth se tut, la bouche délicatement modelée eut un petit pli de dédain, avant de murmurer avec indifférence :

— Je ne tiens pas à connaître l'amour, et je crois qu'il me sera très difficile de donner mon cœur.

M\ :superscript:`lle` Elisabeth pensa : « J'étais ainsi avant de connaître celui qui devint mon destin. Aura-t-elle mon âme passionnée, fidèle jusqu'à la mort ? »

La main de la vieille demoiselle se posa sur la tête inclinée, en un geste de bénédiction.

— Que le Seigneur te garde, ma petite fille, et guide tes pas en ce monde !

Oriane se laissa glisser à genoux et, prenant cette main déformée par les rhumatismes, autre-

fois renommée pour sa fine beauté, elle la baisa
pieusement.

— Vous me protégerez quand vous serez près
de Lui, ma tante. Vous m'aiderez à faire d'Aimery un Cormessan digne de ce nom, que
déshonore en ce moment...

Elle n'acheva pas. Mais le nom qui avait peine
à passer entre ses lèvres était aussi dans la
pensée de Mlle Elisabeth. Celle-ci soupira, et
murmura douloureusement :

— Le malheureux !

II

Les Cormessan avaient dans le comté des
racines fort anciennes. Le domaine de Pierre-
Vive se trouvait dans la famille depuis un temps
immémorial et le château encore existant, bâti à
la fin du XIIIe siècle, avait été précédé d'une
maison forte où déjà s'étaient succédé plusieurs
générations de Cormessan.

Cette vieille race noble, fortement attachée au
sol natal, avait peu paru dans les cours. Les
hommes étaient de grands chasseurs et, volontiers, donnaient aide au duc de Bourgogne
contre ses adversaires, ou, plus tard, quand le
comté fut réuni à la France, commandaient un
régiment au service du roi. Les femmes, souvent, se plaisaient aux travaux de l'esprit,
aimaient les belles-lettres et la musique. Elles
avaient aussi renom d'incomparables ménagè-

res, d'épouses fidèles et d'âmes énergiques, un peu altières. La légende racontait que la race des Cormessan était issue d'une « vouivre » une de ces fées maléfiques du comté, devenue l'épouse d'un simple mortel et convertie par lui. Les seigneurs de Pierre-Vive tenaient — ou feignaient de tenir cela pour une tradition et faisaient figurer la Vouivre dans leurs armoiries. Presque tous avaient choisi des épouses dans le comté ou dans les provinces avoisinantes. Cependant, à l'époque où le pays appartenait à la maison d'Autriche, l'un d'eux s'était uni à la fille d'un noble Castillan, et, par la suite, avait donné en mariage une de ses filles à un seigneur autrichien, le comte de Faldensten.

Ces Cormessan n'avaient jamais été gens avides des biens de ce monde. Ils menaient, en général, une existence large et simple, dépourvue de faste. Au cours des siècles, leur fortune avait subi quelque amoindrissement. Mais Luc-Henri, le frère de Mlle Elisabeth, avait néanmoins légué à son fils aîné Marc des biens suffisants pour qu'il vécût en une assez belle aisance. Pour Charles, le cadet, il avait acheté un brevet de cornette dans un régiment royal. Au bout de quelques mois, ce jeune homme affligé de presque tous les vices et d'une nature sournoise, lâche, cynique, désertait et se réfugiait dans le canton de Genève.

On n'en eut plus de nouvelles pendant plusieurs années. Marc mourut de la petite vérole et, peu après lui, sa femme qui venait de mettre au monde un fils. Mlle Elisabeth se trouva seule à

Pierre-Vive avec cet enfant et la petite Oriane, alors âgée de cinq ans.

Quand la Révolution commença de triompher, Charles reparut en France et, pendant quelque temps, habita Paris ; devenu le citoyen Cormessan, il fut un membre assidu et zélé du club des Jacobins. Puis, il se fit envoyer en mission, par Robespierre, dans le pays où vivait sa famille. Il se présenta à Pierre-Vive, sans vergogne, fit sonner très haut le pouvoir qu'il détenait et s'installa au château, que la commune de Ferchaux venait de mettre en vente comme bien de la Nation. Quand Plagel, le marchand de chevaux, en fut acquéreur, le citoyen représentant Charles Cormessan, avec lequel il se trouvait dans les meilleurs termes, reçut l'invitation d'y demeurer tant qu'il séjournerait dans le pays. Mais Mlle Elisabeth et ses petits-neveux durent quitter la demeure dont on les dépossédait. La vieille demoiselle, déjà très malade, était à peine transportable. Plagel, magnanimement, offrit de lui louer cette maison de garde — ce qu'elle dut accepter bien à contrecœur.

Claude avait suivi ses maîtres dans leur pauvre retraite. Il s'ingéniait par tous les moyens à tirer le meilleur parti possible des ressources très minces dont ils disposaient. Mais celles-ci arrivaient à leur fin maintenant et le brave homme se demandait comment, si Mlle Elisabeth vivait encore quelque temps, il subviendrait aux besoins de ces êtres si chers sans toucher aux bijoux que la vieille demoiselle réservait pour la fuite hors de France.

Le lendemain du jour où Oriane avait eu cet entretien avec sa tante, la jeune fille, après le déjeuner, sortit en compagnie d'Aimery pour profiter du soleil si vite abaissé en cette époque hivernale. L'héritier de Cormessan était d'une santé délicate qui obligeait à des précautions. En outre, un peu gâté par Mlle Elisabeth et par sa sœur, il se montrait capricieux et d'une affection exigeante. Le départ de Pierre-Vive avait amené chez lui de véritables crises de désespoir et de fureur dont il avait été malade pendant plusieurs jours. Et aujourd'hui encore, il se prit à trembler, à blêmir, quand au détour d'un chemin le château apparut, dressé au bord d'une falaise rocheuse, imposant et sombre dans le cadre neigeux de la forêt.

— Ne le regarde pas, mon pauvre petit, dit tendrement Oriane.

Et elle l'entraîna vite. Mais son regard, à elle aussi, conservait la vision des tours brunes coiffées de neige, caressées par le pâle soleil hivernal.

Comme le frère et la sœur atteignaient le logis, la porte en fut ouverte, un homme sortit. Aimery devint plus pâle encore et Oriane dit sourdement :

— Lui !

Charles de Cormessan vint à eux en les dévisageant avec une sorte d'insolence narquoise. Son visage blême portait la trace de toutes les passions mauvaises qui ravageaient son âme, depuis des années. Dans sa tenue, il affectait depuis quelque temps la correction habituelle à Robespierre, son protecteur, après avoir passé par la phase débraillée pour mieux affirmer le bon teint de son civisme révolutionnaire.

— Eh bien! mes neveux, vous ne paraissez pas enchantés de me voir?

— Vous devez bien le supposer! riposta Oriane, de sa voix frémissante.

Il eut un ricanement qui la fit un peu frissonner.

— Toi, ma belle, il te faudra chanter moins haut! On ne plaisante pas avec le citoyen Cormessan, tu le comprendras dans quelques jours.

Sur ces mots, il s'éloigna, toujours ricanant, la main serrée autour d'un gourdin noueux.

— Qu'a-t-il voulu dire? murmura Aimery en levant sur sa sœur un regard effrayé.

— Je ne sais... Et que venait-il faire ici? Qu'a-t-il dit à notre pauvre tante?

D'un élan, Oriane fut à la porte, qu'elle franchit. Claude parut sur le seuil de la pièce voisine. Il était blême, agité, et leva les mains en un geste de désespoir à la vue d'Oriane.

— Ma tante?

— Il l'a tuée, je crois! Elle ne bouge plus.

Oriane se précipita dans la chambre. Mlle Elisabeth semblait morte, en effet. Mais au moment où Oriane se penchait sur elle, ses paupières se soulevèrent, sa bouche remua.

— Ma tante!... ma tante, que vous a-t-il fait?

— Claude... te racontera. Il faut partir vite... Pas attendre... que je sois enterrée...

Une brève convulsion agita le corps de la mourante, et ce fut ensuite le dernier soupir.

— Claude... est-ce... est-ce fini? balbutia Oriane.

— Hélas! oui, Mademoiselle, dit-il dans un sanglot.

Oriane mit un long baiser sur le front de la morte, puis elle se redressa, en regardant le vieux serviteur qui s'agenouillait près du lit.

— Vous m'avez dit qu'il l'avait tuée?

— Oui, parce qu'il venait lui apprendre...

— Quoi donc?

— Qu'il a épousé hier la fille de Plagel, et que, dans trois jours, vous deviendriez la femme de Victorien.

Oriane recula dans un mouvement d'horreur, comme si la face brutale et sournoise de Victorien Plagel se fût tout à coup montrée devant elle. La parole lui manqua, pendant un moment. Le vieux Claude reprit d'une voix devenue rauque:

— Oui, il a osé!... il a osé lui déclarer que, de gré ou de force, vous seriez la femme de ce misérable! C'est alors qu'elle a perdu connaissance... Et il est parti en disant. « Dans trois jours, Claude! Prépare ma nièce à ce mariage, très avantageux pour elle, puisque Victorien est héritier pour moitié de la fortune paternelle et du domaine de Pierre-Vive. »

— L'infâme! murmura Oriane.

Puis elle se redressa, les joues empourprées, le regard étincelant.

— Il faut fuir!... Oui, il faut fuir au plus tôt!

— Je vais aller trouver Philon. Demain soir, nous devrons passer la frontière... ou bien, il sera trop tard, car dès que M. Charles apprendra la mort de sa tante, il viendra, et il est capable de vous emmener tout de suite chez lui.

— Mais alors... elle ?

Oriane étendait vers la porte une main frémissante.

Le vieux serviteur eut un sanglot.

— Elle... nous devrons la laisser ici. Elle l'a dit elle-même tout à l'heure : il est impossible d'attendre qu'elle repose dans sa tombe. Ce serait risquer de ne pouvoir échapper à nos ennemis. Jusqu'à notre départ, nous cacherons sa mort. Je donnerai un mot à Paulet, le bûcheron, pour qu'il le porte après-demain à M. Charles. Celui-ci viendra et s'occupera de faire porter la pauvre demoiselle au cimetière... Oui, nous ne pouvons faire autrement... Nous ne pouvons pas, Mademoiselle Oriane.

Ces derniers mots furent presque un gémissement, échappé à la douleur du serviteur fidèle.

Oriane répéta, la voix brisée :

— Nous ne pouvons pas faire autrement !

Elle se laissa glisser à genoux, les mains jointes.

Derrière elle, Aimery, au seuil de la porte s'agenouilla aussi. Il attachait sur l'immobile visage ses yeux bleus pleins d'angoisse et sa voix s'entendait à peine quand, avec Claude, il répondit à la prière des morts récitée par Oriane au milieu de sanglots étouffés.

III

Rupelsheim, ancienne petite ville fortifiée appartenant aux comtes souverains de Faldensten, était, depuis cinq siècles, le siège d'un chapitre noble fondé par une des filles de cette puissante famille, l'une des plus opulentes de l'Empire. Faire partie de ce chapitre constituait un privilège envié, car il n'en existait aucun, dans toute l'Europe, qui exigeât des preuves d'aussi antique noblesse. Il était fort riche, bénéficiant des libéralités de la maison de Faldensten, à laquelle l'abbesse appartenait toujours. Celle-ci et sa coadjutrice, seulement, faisaient vœu de célibat. Les autres chanoinesses restaient libres de quitter le chapitre et de se marier. Elles vivaient seules ou deux par deux, selon leurs ressources personnelles, avec obligation de résider à Rupelsheim dix mois dans l'année. Celles qui possédaient de la fortune en disposaient librement et toutes recevaient du chapitre une large rente. La plupart menaient une vie plus mondaine que monastique, recevant leurs parents et leurs amis, donnant des soirées de musique et de jeu, de grands dîners, de fines collations. La règle exigeait qu'elles fussent toujours vêtues de noir, mais permettait les plus riches étoffes, les dentelles précieuses et les bijoux de famille. Le nombre des chanoinesses ne devait jamais dépasser quarante et rarement il atteignait ce chiffre, tant était grande la difficulté de s'y faire admettre.

Tel était ce chapitre de Rupelsheim dont faisait partie depuis trente-cinq ans Athénaïs de Fonteilleux, cousine germaine de Luc-Henri et d'Elisabeth de Cormessan, et, par sa mère, alliée à plusieurs nobles familles autrichiennes.

Elle habitait avec une autre Française, Mme de Corlys, sans fortune comme elle, mais toutes deux fort à l'aise grâce à la rente canonicale. Leur logis se trouvait à cinquante mètres de l'église où, chaque matin, elles allaient entendre la messe et dans l'après-midi réciter l'office au chœur sous la présidence de l'abbesse.

Un jour de janvier, comme elles revenaient dudit office, le valet qui lui ouvrit la porte annonça, en s'adressant à Mme de Fonteilleux :

— Des personnes sont arrivées tout à l'heure, demandant à parler à Votre Seigneurie.

— Des personnes ?... Quelles personnes, Hans ?

— Une jeune dame avec son frère et un vieux serviteur. Ils disent être les parent de Votre Seigneurie, arriver de France et s'appeler Mlle Oriane et M. le comte de Cormessan.

— Cormessan ? Cormessan ?

Mme de Fonteilleux jetait cette exclamation de surprise. Puis, tout aussitôt, son mince visage ridé prit une expression de vive contrariété.

— Quoi ! Ils arriveraient ainsi, sans me prévenir ? C'est inconcevable !

Elle se tournait à demi vers Mme de Corlys dont la haute taille et l'embonpoint formaient, avec sa petite personne menue et sèche, un contraste dont s'amusaient secrètement ces dames du chapitre.

— ... Inconcevable ! qu'en dites-vous, Louise ?

— Peut-être en ont-ils été empêchés, ma chère Athénaïs. Il faudrait savoir auparavant...

— Où les avez-vous fait entrer, Hans ?

— Dans la petite salle, madame la comtesse. Je n'étais pas sûr... Ils sont... si pauvrement mis...

Mme de Fonteilleux fronça les épais sourcils grisonnants, qui accentuaient la dureté de son maigre visage, de ses froids petits yeux clairs. Sans un mot, elle traversa le vestibule dallé, entra dans la pièce garnie de sièges en paille où elle recevait les pauvres que, selon la coutume, chaque chanoinesse aidait de ses deniers.

Sur une chaise était assis un jeune garçon qui semblait à demi pâmé. Près de lui, le soutenant, se tenait une jeune fille enveloppée dans une mante noire usée. Un peu à l'écart, un vieillard de mise plus que modeste regardait ce groupe avec désolation.

A l'apparition de la chanoinesse, tous sursautèrent. Pendant quelques secondes, Mme de Fonteilleux les dévisagea ; puis, elle demanda, d'une voix aussi sèche que sa personne :

— Qui êtes-vous ?

— Les enfants du comte Marc de Cormessan, répondit Oriane, redressant instinctivement la tête devant la hauteur de la noble dame. Ma tante Elisabeth est morte et nous avons dû fuir devant la Révolution. Celle-ci a pris tous nos biens et nous avons pu à grand-peine subvenir aux frais du voyage en vendant les quelques bijoux conservés par ma pauvre tante. Elle m'avait dit, avant de mourir : « Va demander asile et protection à notre cousine de Fonteilleux. » Et c'est ce que je viens faire aujourd'hui, madame, avec mon frère épuisé par ce voyage et notre fidèle serviteur Claude.

La fière dignité de la jeune fille, la grâce, l'aristocratique beauté qui s'affirmaient en dépit de la pauvreté des vêtements, parurent, sinon adoucir — rien ni personne n'aurait pu y parvenir — du moins atténuer l'humeur altière de la chanoinesse.

— Je pourrais vous demander des preuves de ce que vous me dites là, répliqua-t-elle après un court silence pendant lequel son regard investigateur examinait tour à tour le frère et la sœur. Mais, en fait, je n'en ai pas besoin, car vous ressemblez à ma cousine Elisabeth et votre frère a les traits des Cormessan. Donc, je vais vous donner asile. Pendant qu'on vous préparera des chambres, vous me conterez votre histoire. Dans quelque temps, nous aviserons au sujet de votre situation — car je dois vous prévenir dès l'abord que, s'il m'est possible de vous donner un secours momentané, mes moyens pécuniaires ne me permettraient point de le continuer longtemps.

Oriane rougit et riposta vivement :

— Croyez, madame, que s'il s'agissait de moi seulement, je ne vous importunerais pas davantage.

Mme de Fonteilleux pinça de minces lèvres pâles, en jetant sur la jeune fille un coup d'œil malveillant.

— Puisque Elisabeth vous a confiés à moi, je

considère comme un devoir de veiller sur vous désormais. Cela n'a rien d'incompatible avec l'obligation où je me trouve de vous avertir que mon revenu est limité et de chercher pour vous et votre frère les moyens de vivre selon votre rang.

Tel fut l'accueil de la chanoinesse de Fonteilleux à ses jeunes cousins fugitifs et sans ressources.

Elle les logea dans deux petites chambres assez convenables, et Claude fut chargé de leur service. Mme de Fonteilleux fit acheter des vêtements pour Aimery et de l'étoffe avec laquelle sa femme de chambre Clarisse, une comtoise, confectionna deux robes pour Oriane. Celle-ci et Aimery quand sa santé fut un peu remise des émotions et des fatigues du voyage, prenaient leurs repas avec les deux chanoinesses. La chère était assez délicate, Mme de Fonteilleux faisant trêve à son avarice quand il s'agissait de la table. Car elle était avare, ses nouveaux commensaux eurent tôt fait de s'en apercevoir. D'ailleurs, Clarisse ne le cacha pas à Claude avec lequel, tout aussitôt, elle prit plaisir à bavarder dans leur langue comtoise. Quoique dévouée à sa maîtresse qu'elle servait depuis son entrée dans le chapitre, elle ne se gênait pas pour s'entretenir de ses défauts et pour dire à son compatriote que Mlle de Cormessan et son frère étaient bien mal tombés, avec une parente comme celle-là.

— Mme la comtesse, outre son amour pour l'argent, est la pire orgueilleuse qui soit, et un cœur sec autant qu'on peut l'imaginer. Moi, je suis habituée à elle et surtout je la sers en souvenir de sa mère, qui a été si bonne pour ma famille. Mais votre pauvre jolie demoiselle — qu'elle est jolie, Seigneur ! — n'a pas à attendre grand-chose de bon de cette nature-là.

Claude se gardait de rapporter ces propos à sa jeune maîtresse. Mais Oriane ne se faisait pas d'illusions sur la chanoinesse de Fonteilleux. Tout aussitôt, elle avait compris que cette femme foncièrement égoïste et sèche, pétrie d'orgueil et dépourvue de délicatesse, ne saurait que froisser, que blesser les infortunés qui venaient chercher asile près d'elle.

Tout autre était Me de Corlys : bonne femme, compatissante, mais molle, sans caractère, pliant lâchement devant son impérieuse compagne qui la traitait en petite fille, ce dont Oriane se fût bien amusée, en d'autres circonstances, et si elle avait conservé la gaieté malicieuse de la jeune Oriane de Pierre-Vive.

Pendant le temps nécessaire à la confection des robes de Mlle Cormessan, celle-ci dut rester confinée au logis, sans même obtenir la permission de se rendre jusqu'à l'église, sa mise pauvre ne se pouvant tolérer chez une parente de la comtesse de Fonteilleux. Pas davantage ne paraissait-elle quand la chanoinesse recevait quelque visite. Un après-midi enfin, six jours après son arrivée, elle reçut l'autorisation d'assister à l'office canonical. Dans le chœur de la vieille et très sombre église, elle vit les chanoinesses en leurs stalles, couvertes de leur manteau violet. Sur un fauteuil élevé se tenait l'abbesse, dont le manteau était garni d'hermine. Grande et belle femme d'une cinquantaine d'années, elle présidait avec majesté. Sur la soie noire de sa robe, Oriane voyait étinceler sa croix d'or émaillé comme celle des autres chanoinesses, mais garnie de diamants. Oriane regardait ce calme et froid visage, dont l'âge avait à peine altéré la pureté des traits. Puis elle se prit à considérer une jeune chanoinesse assise à quelques pas d'elle, sur un siège plus bas. Celle-là aussi avait une bande d'hermine autour de la soie violette du manteau. Le voile noir d'obligation pendant l'office entourait une charmante figure de brune qui retint longtemps l'attention d'Oriane, peut-être parce qu'elle lui trouvait une expression de rêve mélancolique, de douceur triste qui éveillait sa sympathie.

Ce même après-midi, Mme de Corlys envoya demander à Mlle de Cormessan de venir prendre le café chez elle. Oriane y trouva Mme de Fonteilleux, assise devant son métier à tapisserie. Ces dames s'entretenaient des petits cancans du chapitre, occupation que n'interrompit point l'entrée d'Oriane. Celle-ci ne s'y intéressait guère, jusqu'au moment où Mme de Corlys prononça le nom de l'abbesse. Alors elle demanda qui était la jeune chanoinesse assise près d'elle.

— C'est sa nièce et coadjutrice, la comtesse Hélène de Faldensten, fille cadette du « seigneur loup ».

— Le seigneur loup ? répéta Oriane en ouvrant des yeux surpris.

— On nomme ainsi, depuis des temps immémoriaux, les comtes de Faldensten. Ils portent dans leurs armoiries une tête de loup surmontée de la couronne comtale et, tous, font précéder leur prénom habituel de celui de Wolf. Ainsi, le comte régnant actuel s'appelle Wolf-Tankred, et son fils Wolf-Guido. On prétend que la nature sauvage, orgueilleuse, cruellement despotique de certains d'entre eux ne fut pas étrangère non plus à ce surnom. Et si l'on en croit ce qui se murmure, aujourd'hui encore...

— Cette enfant n'a pas à connaître des racontars plus ou moins véridiques, interrompit Mme de Fonteilleux. Vous-même, Louise, devriez n'en parler jamais, car il ne ferait pas bon qu'ils arrivassent à l'oreille de Mme de Faldensten et encore moins à celle des seigneurs comtes...

— Certes ! Certes !... Pour en revenir à la comtesse Hélène, vous avez pu juger, mademoiselle, combien elle est charmante ?

— Oh ! oui ! Sa physionomie m'a frappée aussitôt.

— Elle est aussi aimable et bonne que jolie. Sa sœur aînée, la comtesse Ortilie, est plus belle femme et très blonde. Elle va, dit-on, être fiancée à l'archiduc Ludwig-Karl. Il a trente ans de plus qu'elle, n'est, paraît-il, ni beau ni aimable. Mais il n'y a qu'à s'incliner devant la volonté paternelle et à oublier son inclination pour un jeune seigneur de moindre importance.

— Elle ne fait là que son devoir, dit sèchement Mme de Fonteilleux. Les filles de grande race n'ont pas à consulter leurs préférences, quand il s'agit de mariage.

— Et dans la maison de Faldensten encore

moins qu'ailleurs, dit-on. Pour les seigneurs
loups, les femmes n'ont jamais compté, à ce
point qu'ils acceptent fort bien que leurs fils
s'unissent à des personnes de naissance non
égale à la leur — mais de bonne noblesse
naturellement — pourvu qu'elles soient d'une
race belle et vigoureuse afin de maintenir la
beauté, la force physique de leur propre race,
légendaires dans l'Empire. En leur orgueil
immense ils considèrent qu'une femme, fût-elle
Bourbon ou Habsbourg, est toujours infiniment
honorée quand un Faldensten la choisit, et, par
suite, ils jugent négligeable une infériorité de
naissance qui, d'après eux, existe toujours chez
cette femme, à un degré plus ou moins grand.
En un mot, ce sont eux qui ennoblissent leur
épouse, de quelque haute lignée que soit déjà
celle-ci.

— Voilà, en effet, de bien orgueilleuses traditions !

— Si vous connaissiez les comtes de Faldensten, vous ne vous étonneriez pas qu'ils soient si
fiers de leur race, répliqua Mme de Fonteilleux.

— Oui, oui... Le comte Guido qu'on appelle
le plus beau des loups de Faldensten... Vous
verrez, mademoiselle Oriane, qu'il mérite ce
nom.

— Elle ne verra probablement rien du tout,
interrompit Mme de Fonteilleux. Sa Grâce n'a
pas coutume de fréquenter l'église de Rupelsheim, ni les demeures des dames du chapitre —
les seuls endroits où se rendra Oriane

Et là-dessus, elle annonça à sa jeune cousine

que, dès le lendemain, elle l'emmènerait pour commencer de rendre visite aux chanoinesses.

— Je ferai aussi demander audience à Mme l'abbesse pour vous présenter à elle. Car ayant réfléchi ces jours-ci à votre situation, je crois que la décision la plus avantageuse pour vous serait d'obtenir votre admission dans le chapitre.

— Mon admission dans le chapitre ? répéta Oriane, d'abord stupéfaite.

— Elle est bien jeune, Athénaïs ! murmura Mme de Corlys.

— Bien jeune ? Plusieurs de ces dames ont reçu le canonicat à dix-huit ans, vingt ans... la comtesse Hélène, entre autres.

— C'est un cas différent. Une fille de la maison de Faldensten doit toujours se trouver prête à la succession de l'abbesse. Pour votre jeune cousine, ne pourriez-vous d'abord essayer de la marier ? Ce ne serait peut-être pas très difficile...

— J'y ai aussi pensé. Mais, à la réflexion, la vie paisible du chapitre me paraît devoir mieux lui convenir. La seule difficulté est son frère, qui se trouvera à sa charge. Mais j'espère que Mme l'abbesse ne me refusera pas sa protection pour lui obtenir un brevet de cornette dans le régiment de Faldensten.

Oriane sortait enfin de sa première stupéfaction. Elle protesta ardemment :

— Vous n'y pensez pas, madame ! Aimery, à son âge !... et avec sa santé !

— Il a quinze ans, et les jeunes gens de cet âge sont admis dans le régiment de Faldensten.

Sa santé se trouvera fort bien de ce changement, car vous le gâtez, vous le soignez beaucoup trop.

— Je ne me séparerai pas de mon frère ! dit fermement Oriane en maîtrisant son émotion indignée. Je l'ai promis à ma tante, et, d'ailleurs, il ne supporterait pas cette séparation, car sa santé, quoi que vous en pensiez, a besoin de grands soins, et sa nature sensible, nerveuse, de grands ménagements.

Mme de Fonteilleux toisa la jeune fille avec une froide colère.

— Comment vous permettez-vous de telles paroles, mademoiselle ? Quoi ! vous venez me demander aide et protection, et vous vous insurgez contre les décisions que mon expérience me conseille de prendre à votre sujet ! Voilà, en vérité, une outrecuidance intolérable ! Retirez-vous dans votre chambre et méditez-y sur les devoirs de la gratitude et de l'obéissance à l'égard d'une parente de mon âge.

Quand Oriane eut disparu, Mme de Corlys objecta, en hésitant :

— Peut-être vous montrez-vous un peu... sévère, Athénaïs ? Le jeune Aimery paraît vraiment délicat et je comprends les craintes de sa sœur.

— Sornettes ! Il se fortifiera dans cette vie nouvelle. J'espère que Mme de Faldensten voudra bien présenter ma requête au comte Tankred et que celui-ci ne refusera pas de l'accueillir... A propos, Louise, veuillez éviter, à l'avenir, d'éveiller la curiosité d'Oriane, au sujet du comte Guido. Vous avez eu des paroles bien propres à monter une imagination de jeune fille, tout à l'heure.

— Je n'ai pas pensé... J'ai dit bien peu de choses, pourtant...

— Cela peut suffire, si le cerveau est romanesque. Comme Oriane, quoi qu'elle dise et prétende, sera chanoinesse, il est au moins inutile qu'elle se monte la cervelle au sujet du beau seigneur loup, comme le font à peu près toutes les femmes.

— Il est probable qu'elle le rencontrera un jour.

— Oui, mais pas de sitôt, car on ne le voit guère à Rupelsheim, sauf dans les occasions assez rares où il vient rendre visite à sa tante.

— Eh bien ! je me tairai à ce sujet, Athénaïs, dit Mme de Corlys avec soumission.

IV

Les trois jours suivants, Mme de Fonteilleux se rendit chez ces dames du chapitre pour leur présenter sa jeune cousine. Celle-ci fut trouvée un modèle de grâce, de beauté, de distinction aristocratique. On en fit de grands compliments à son introductrice, qui les accueillit avec un air moitié miel moitié vinaigre, dont la maligne comtesse de Palhau, un des plus jeunes membres du chapitre, dit par la suite qu'il décelait le regret jaloux d'une femme n'ayant jamais reçu pour sa part de semblables louanges.

Au cours de ces visites, plus d'une fois, Mme de Fonteilleux témoigna son désir de faire admettre Oriane dans le chapitre. Presque toutes ces dames l'approuvèrent, sauf trois, et, entre autres, Mme de Palhau qui déclara :

— Vous feriez beaucoup mieux de la marier, chère comtesse. Moi, si j'avais eu cette figure-là, je ne serais pas ici. Mais personne ne s'est soucié d'une laide de mon espèce, qui n'avait pas de fortune comme compensation.

Mme de Fonteilleux ne releva pas ce propos. Mais Oriane adressa un regard de reconnaissance à la jeune chanoinesse, dont la physionomie spirituelle et bienveillante lui plaisait.

Le soir du troisième jour de visites, en rentrant au logis, Mme de Fonteilleux trouva un message de l'abbesse l'informant qu'elle la recevrait avec Mlle de Cormessan le surlendemain.

Elle fit à Oriane un petit cours d'étiquette, au sujet de cette audience. Mme de Faldensten tenait fort à ses prérogatives — presque autant que les seigneurs loups eux-mêmes, ce qui n'était pas peu dire, car l'empereur en personne n'avait pas conservé toutes les anciennes formes de respect dont les comtes de Faldensten ne souffraient point qu'on se départît à leur égard.

— Je vous dis cela pour le cas, bien improbable, tant que vous ne serez pas de notre chapitre, où vous vous trouveriez en leur présence, ajouta Mme de Fonteilleux. Après, ce sera différent. Les dames chanoinesses sont invitées aux réceptions de Tholberg, leur résidence habituelle, et eux-mêmes honorent parfois de leur présence celles de Mme l'abbesse. Mais j'aurai tout le

temps, alors, de vous donner les conseils nécessaires.

Oriane ne répliqua rien, ne voulant pas user à
l'avance dans une discussion inutile la force
morale qui lui serait nécessaire pour essayer de
résister à Mme de Fonteilleux, le moment venu.
Mais elle craignait de se heurter à une obstina-
tion invincible, à une mauvaise volonté irréduc-
tible, car elle sentait bien que la chanoinesse
n'était que malveillance à son égard.

— Que faire, Claude ?... Que faire ? disait-
elle, avec angoisse.

Elle adressait au vieux serviteur cette question, un peu avant l'audience de l'abbesse, dans
la chambre d'Aimery où elle était venue un
moment en attendant que Mme de Fonteilleux la
fît demander.

— Oh ! mon Dieu, mademoiselle, je ne
sais !... je ne sais, en vérité ! répondit tristement
le pauvre homme.

— Si ma tante avait pu penser que sa cousine
était devenue si mauvaise, elle ne nous aurait
certainement pas envoyés vers elle ! dit Aimery.

— Et où aller, mon pauvre enfant ? répliqua
Oriane. Des quelques parents qui nous restaient
en France, nous n'avions plus de nouvelles. Ils
avaient sans doute émigré, ou bien se trouvaient
emprisonnés — à moins qu'ils n'aient péri victimes de la Révolution. A Mme de Fonteilleux,
seule, nous pouvions demander secours.

— Elle changera peut-être d'avis à votre
sujet, mademoiselle, dit Claude.

— En tout cas, je ne te quitterai jamais...
jamais, Oriane ! s'écria Aimery en saisissant les

mains de sa sœur entre ses doigts un peu
fiévreux.

— Mon cher enfant… non, cela s'arrangera !
Quand Mme de Fonteilleux verra que je résiste,
elle cherchera une autre solution, comme le dit
Claude.

Et, regrettant d'avoir laissé échapper son
angoisse devant le jeune garçon, Oriane se mit à
parler de cette visite à l'abbesse dont Mme de
Fonteilleux faisait une cérémonie de grande
importance.

— … Mme de Faldensten me paraît, à la
vérité, fort imposante et elle est d'une maison où
l'on tient strictement aux questions d'étiquette.

— Quand Mademoiselle est entrée, je parlais
précisément à M. Aimery des seigneurs loups,
dit Claude. Clarisse m'a raconté comme ils sont
orgueilleux, et terribles pour qui encourt leur
déplaisir. Le jeune comte Guido est encore plus
redouté que son père. Celui-ci, et sa femme, une
princesse italienne, sont en idolâtrie devant lui,
tellement il est bien doué sous tous rapports —
beau, très intelligent, d'une force physique
extraordinaire et d'une adresse à tous les exerci-
ces du corps qui est d'ailleurs héréditaire dans
cette famille. Le comte régnant, à sa majorité,
lui a donné le plus beau, le plus important de ses
domaines. Il y passe quelques mois chaque
année, mais le plus souvent réside à Tholberg,
avec sa famille. C'est un grand chasseur, et il a
de quoi s'occuper, avec les superbes forêts qui
couvrent les terres de Faldensten.

— Tu ne l'as pas encore vu, Claude ?
demanda Aimery.

— Non, monsieur. Il vient assez rarement à Rupelsheim, et le comte Tankred de même. Quand les notables ont une requête à présenter ou doivent répondre à une convocation de leur souverain, ils se rendent à Tholberg. Le comte de Faldensten a conservé toutes ses prérogatives, tout son pouvoir sur ce pays où depuis des siècles ont régné ses ancêtres. L'empereur est son suzerain, mais il lui doit seulement l'aide, en cas de guerre, du régiment levé sur ses terres. Par ailleurs, il est maître absolu des biens, de la vie de ses sujets... S'il fallait en croire ce que dit Clarisse, il se serait passé bien des drames, des choses terribles, dans cette famille. Et les seigneurs loups ont eu, en tous temps, la réputation d'être de rudes maîtres... pour leurs sœurs, leurs femmes, leurs filles.

— Je voudrais connaître ceux de maintenant ! dit Aimery. Ce comte Guido surtout, si redoutable... Et je voudrais voir leur château. Est-il loin d'ici ?

— Trop loin en tout cas pour vos jambes, monsieur. C'est, paraît-il, un château très ancien, du moins en certaines de ses parties. Il s'y trouve des choses magnifiques, en fait de meubles, de tapisseries, d'objets de toutes sortes, et des curiosités venant des pays lointains, car il y a eu des Faldensten grands voyageurs. Tout autour, ce sont des forêts, des ravins...

Claude fut interrompu par l'apparition de Clarisse, qui venait chercher Mlle de Cormessan.

La chanoinesse, quand sa jeune cousine fut devant elle, l'inspecta d'un œil critique. La robe de taffetas noir, bien faite, si simple qu'elle fût, suffisait à parer cette beauté, à faire valoir les lignes harmonieuses de cette taille souple, de ce buste un peu frêle encore mais si parfaitement modelé. Néanmoins, Mme de Fonteilleux trouva moyen d'émettre quelques remarques malveillantes, qu'Oriane laissa passer avec un secret dédain.

Un peu après, la jeune fille était assise près de sa parente dans la voiture qui servait à celle-ci et à Mme de Corlys — car, sauf pour se rendre à l'église, une chanoinesse de Rupelsheim ne sortait jamais à pied. Par la vitre, Oriane regardait les rues étroites, les vieilles demeures sombres. Cette petite ville, ceinturée de remparts, dégageait une atmosphère de tristesse. Oriane en avait déjà eu l'impression. Mais aujourd'hui, celle-ci était plus forte encore et lui serrait le cœur jusqu'à l'étouffement. En pensée, elle se reportait à Pierre-Vive, à la chère belle forêt où elle se promenait librement. Des larmes venaient à ses yeux et elle songea avec effroi : « Faudra-t-il donc que je vive désormais ici, toujours ? Oh ! non, non, je lutterai de toutes mes forces ! »

Puis, en jetant un coup d'œil sur le sec profil de la chanoinesse assise près d'elle, dans l'ampleur de son manteau violet, elle se disait désespérément : « Elle ne cédera jamais ! Je sens qu'elle me déteste. Pourquoi ?... O mon Dieu, vous seul pouvez me secourir ! »

Le logis abbatial se trouvait au centre de la ville, sur une place, faisant face au palais des comtes, antique demeure de sombre aspect fort rarement habitée maintenant. Un vieux majordome portant la livrée rouge et argent des Faldensten introduisit les visiteurs dans un salon d'un luxe sévère, où il revint les prendre presque aussitôt pour les introduire près de l'abbesse.

La pièce où entrèrent la chanoinesse et Oriane était immense, boisée de chêne dans toute sa hauteur. Du plafond garni de poutres teintes en rouge sombre et décorées des armoiries de Faldensten pendaient deux énormes lustres à girandoles de cristal. D'antiques bahuts sculptés, de lourdes tables de chêne, des sièges au raide dossier formaient l'ameublement. A chaque extrémité se voyait une monumentale cheminée dont le manteau de pierre portait, lui aussi, les armes de la puissante maison à laquelle appartenait l'abbesse. Dans chacune brûlaient des troncs d'arbres posés sur de gigantesques landiers en fer forgé. Non loin de l'une d'elles, deux fauteuils au dossier très haut se faisaient face. L'un était surmonté de la couronne comtale, l'autre d'une petite croix. Mme de Faldensten occupait ce dernier. Près d'elle, sur une chaise, se trouvait la jeune comtesse Hélène.

L'accueil de l'abbesse fut bienveillant, quoique nuancé d'une hauteur habituelle d'ailleurs à cette très noble dame. Elle s'enquit avec quelque intérêt des épreuves d'Oriane et demanda à Mme de Fonteilleux si elle pensait conserver chez elle ses jeunes cousins.

— Momentanément, oui, s'il plaît à Votre Seigneurie. Mais il me serait impossible de faire face longtemps aux dépenses, à mon grand regret...

Ici, Mme de Fonteilleux s'interrompit pendant

quelques secondes, avant d'ajouter avec une obséquieuse humilité :

— Après avoir beaucoup réfléchi, j'ai songé à solliciter de Votre Seigneurie l'admission de ma jeune parente dans le chapitre.

Oriane tressaillit, en jetant vers la chanoinesse un coup d'œil indigné.

— Ah! vous songez?... dit Mme de Faldensten.

D'un regard calme et froid, elle enveloppa la jeune fille dont l'émotion pénible venait d'empourprer le visage.

— ... Qu'en pensez-vous, mademoiselle de Cormessan?

— Que je ne puis obéir sur ce point à ma cousine, madame! répondit résolument Oriane. Je ne me sens pas portée vers ce genre d'existence. Toutefois, je pourrais sans doute m'y accoutumer si je n'avais mon frère, qui a besoin de moi, que j'ai promis à ma tante de ne pas quitter.

A ce moment, Oriane rencontra le regard de la comtesse Hélène. Celle-ci était restée presque constamment silencieuse, presque indifférente en apparence. Mais dans ces beaux yeux noirs, Oriane venait de voir une lueur de chaude sympathie.

Mme de Fonteilleux serra un instant rageusement les lèvres, avant de répliquer avec un sourire mielleux à l'adresse de l'abbesse :

— Cette jeune tête a besoin d'un joug. Mais il faudra qu'elle se rende à la raison. Aucun motif sérieux ne la retient près de son frère, car il peut parfaitement se passer d'elle — surtout si Votre

Seigneurie voulait nous faire la faveur de demander pour lui l'entrée dans le régiment de Faldensten.

— Je le ferai volontiers, madame. Mais je ne puis vous promettre une réponse satisfaisante. Tout dépend des vacances actuelles ou prochaines, et, surtout, du bon plaisir de mon neveu, qui commande effectivement le régiment et dont les décisions sont toujours adoptées par le comte régnant, sans appel.

Oriane allait protester encore, quand une porte fut ouverte à deux battants et le vieux majordome, penché très bas, annonça d'une voix qu'un tremblant respect assourdissait :

— Sa Grâce Sérénissime monseigneur le comte Guido.

Dans la salle entra un jeune homme vêtu d'un habit de velours gris foncé, chaussé de hautes bottes en souple cuir fauve. Les proportions parfaites, la vigueur élégante de la taille élevée s'harmonisaient avec la tête énergique hautainement dressée, avec les traits d'une mâle et dure beauté. Mais cet ensemble de force altière était complété, achevé par le regard, dur lui aussi, et singulièrement dominateur, froid, énigmatique.

L'abbesse et sa nièce se levaient, s'avançaient vers l'arrivant. Le comte Guido s'inclina légèrement, prit la main de sa tante pour l'effleurer de ses lèvres. D'une courte inclination de tête, il répondit à la profonde révérence de sa sœur. Puis il dit, s'adressant à l'abbesse :

— Nous désirions savoir si vous êtes tout à fait remise de l'accident dont vous avez fait informer mon père, madame ?

Sa voix avait un beau timbre harmonieux, mais l'intonation en était froide et impérative.

— Tout à fait, je vous remercie, monseigneur.

A ce moment, le comte s'aperçut de la présence des visiteuses qui s'étaient un peu écartées à son entrée. La chanoinesse plongeait dans une interminable révérence qui était presque un agenouillement. Il la salua en disant : « Ah ! c'est Mme de Fonteilleux », et reporta son regard sur Oriane dont la charmante révérence, d'une grâce toute naturelle, n'avait rien de cette excessive humilité.

— Mlle de Cormessan, une jeune cousine de la comtesse de Fonteilleux, chassée par la Révolution, dit l'abbesse.

— Et qui est venue se réfugier dans notre Etat ? Nous vous y accueillons volontiers, mademoiselle.

Sur ces mots de politesse, où n'entrait aucune nuance de galanterie, le comte Guido s'assit sur le fauteuil surmonté de la couronne, en indiquant du geste à la chanoinesse et à sa jeune parente qu'elles eussent à reprendre leurs sièges.

— Il est possible que Mlle de Cormessan demeure définitivement votre sujette, dit Mme de Faldensten quand elle fut assise dans le fauteuil abbatial, en face de son neveu. Mme de Fonteilleux me demande de l'admettre dans le chapitre.

— Ah ! vraiment ?

Le regard du comte se posait de nouveau sur Oriane. Ses yeux étaient d'un brun foncé où passaient des lueurs d'or, qui éblouissaient. Oriane, déjà saisie d'intimidation à son entrée, baissait un peu ses paupières en frissonnant légèrement. Elle comprenait maintenant ces paroles de sa cousine : « Si vous connaissiez les comtes de Faldensten, vous ne vous étonneriez pas qu'ils soient si fiers de leur race. »

— Racontez-moi vos aventures, mademoiselle, dit Guido avec cet accent impératif qui semblait naturel sur ses lèvres.

Oriane, les joues un peu empourprées, la voix un peu hésitante, bien qu'elle maîtrisât du mieux possible son émotion, fit le récit demandé. Le comte l'écoutait avec un air d'attention nonchalante, en jouant avec l'un de ses gants. Sa physionomie restait froide, demeura impassible même quand Oriane, parlant de la mort de sa tante, ne put empêcher sa bouche de trembler, ni ses yeux de se remplir de larmes.

— Ainsi, votre domaine de Pierre-Vive est maintenant, en partie, la propriété de votre oncle ? dit-il, quand Oriane se tut.

— Oui, monseigneur, ou bien il le sera, puisque ce rénégat a épousé la fille de l'homme qui acheta ces biens volés.

— Ils peuvent revenir plus tard à votre frère, quand l'ordre sera rétabli.

— Qui sait ! dit Oriane en hochant mélancoliquement la tête. En attendant, nous sommes dépouillés, obligés de fuir...

— Mais vous avez heureusement la bonne protection de votre parente, ajouta l'abbesse. Mme de Fonteilleux venait, précisément, de me prier d'appuyer près de vous une requête, monseigneur... Ma chère comtesse, dites vous-même à sa Grâce quelle faveur vous sollicitez.

Quand le comte eut entendu la demande de la chanoinesse au sujet d'Aimery, il répliqua :

— Ce n'est pas impossible... à condition, naturellement, que le candidat soit de bonne santé.

— Il est pour le moment d'apparence un peu délicate, ayant pâti, mais la constitution est bonne.

Oriane, le sang aux joues, le cœur battant sous la poussée de l'indignation et de la timidité refoulée, dit résolument :

— Cela est une erreur, madame. Quand ma pauvre mère, jusqu'à ce temps-là d'une parfaite santé, mit au monde Aimery, elle était malade du désespoir que lui causait la mort de mon père et l'enfant s'en est toujours ressenti. En outre, sa nature très sensible, très nerveuse, a beaucoup souffert des douloureux événements que nous venons de traverser. Il a besoin de grands ménagements et la moindre fatigue lui est interdite.

— En ce cas, la question est réglée, dit le comte Guido.

Et le regard de hauteur dédaigneux qu'il tourna vers la chanoinesse ajoutait clairement : « Comment vous permettez-vous de m'adresser une aussi sotte requête ? »

Mme de Fonteilleux, rouge de confusion et de rage contenue, baissa humblement les yeux.

Peu après, le comte se leva, prit congé de sa tante et de sa sœur avec le même cérémonial qu'à l'entrée. Il salua la chanoinesse et Oriane avec l'altière politesse qui semblait lui être habituelle et dans laquelle n'entrait pas de courtoisie s'adressant à la femme. L'abbesse et sa coadjutrice l'accompagnèrent jusque dans le salon voisin où l'attendait son aide de camp, puis elles revinrent à leurs visiteuses, qui peu après sortaient à leur tour du logis abbatial.

Oriane s'attendait à subir une scène violente. Celle-ci éclata, en effet, dès que la voiture se mit en marche. Mme de Fonteilleux l'accabla des reproches les plus acerbes et termina par ces mots :

— Vous mériteriez que je vous jette hors de chez moi, vous et votre stupide frère !

— Eh bien ! faites-le, dit Oriane, pâle et frémissante, la tête redressée. Ou, plutôt, nous allons quitter votre logis, dès demain, et nous irons demander l'hospitalité n'importe où, plutôt que de demeurer sous votre toit !

Mme de Fonteilleux, impitoyable aux faibles, devenait lâche devant une manifestation d'énergie, dès que celle-ci pouvait lui nuire. Or, ce dont la menaçait Oriane avec tant de fière résolution, ferait scandale dans Rupelsheim. Aussi baissa-t-elle le ton pour répliquer, avec un mouvement d'épaules :

— Eh ! là, il est inutile de le prendre sur ce ton ! Ma cousine Elisabeth vous a confiés à moi. Je sais quel est mon devoir à ce sujet. Vous resterez donc chez moi jusqu'à ce que j'aie pourvu à votre établissement et à celui de votre frère. Celui-ci, malheureusement, sera plus difficile... Ah ! peut-être un service de page, près des comtes... Oui, dès qu'il sera mieux, je pourrai chercher à obtenir cela.

Oriane eut un geste de protestation presque angoissé.

— Page... près de... de ce comte Guido ? Mon pauvre Aimery, si sensible, si nerveusement susceptible ! Ah ! vous n'y pensez pas, madame !

La chanoinesse eut une sorte de ricanement.

— En vérité, il faudrait le mettre sous verre, votre Aimery ! C'est risible ! Quelques jours au service du comte Guido auraient tôt fait de la mater, sa susceptibilité. Et il ne serait plus aussi sensible quand il aurait fait ample connaissance avec la cravache de Sa Grâce !

L'épouvante devint plus intense sur la physionomie d'Oriane. Avec véhémence, la jeune fille protesta :

— Jamais, jamais, cela ne se fera !

— Bon, bon, nous verrons !... Ce n'est d'ailleurs qu'une idée, sur laquelle il conviendra de réfléchir. Puis, rien ne dit que les seigneurs comtes agréeraient Aimery... surtout après la maladresse que vous avez commise en parlant ainsi de sa santé. Car tout ce qui est faible, débile, ne trouve pas grâce devant eux.

Revoyant en pensée le dur et hautain visage du jeune comte, ses yeux chargés d'orgueilleux dédain, son apparence de force dominatrice, Oriane songea en frissonnant : « Ce doit être, en effet. Il est bien le seigneur loup. »

V

Quand Aimery apprit que sa sœur avait vu un des comtes de Faldensten, il parut très intéressé, demanda qu'elle le lui décrivît et parut enchanté en apprenant qu'il n'y avait pas à craindre, pour lui, d'être agréé au service militaire du petit Etat.

— Ce n'est pas que je n'aimerais cela, ajouta-t-il. Mais je m'en sens bien incapable pour le moment. Plus tard, quand je serai mieux, j'embrasserais volontiers cette carrière.

Clarisse entra à cet instant, apportant au jeune garçon une tasse de lait. En cachette, l'excellente femme avait des prévenances pour les hôtes peu choyés de sa maîtresse. Sa physionomie prit une expression soucieuse quand elle entendit Aimery lui raconter l'entrevue de sa sœur et de la chanoinesse avec le jeune comte de Faldensten.

— Ah ! le comte Guido a vu Mlle Oriane ? murmura-t-elle avec un coup d'œil inquiet vers cette ravissante figure à laquelle une expression de souci, de lassitude morale donnait un charme de langueur très captivant.

— Et il a refusé de me prendre dans le régiment de Faldensten ! ajouta joyeusement Aimery.

— Bien il a fait, par exemple ! Buvez ce bon lait pour vous fortifier... Mademoiselle a vu la belle comtesse Hélène ?

— Oui, belle et charmante. Elle n'a pas la

hauteur de sa tante et son regard est très doux mais un peu triste.

— On ne lui a pas demandé son avis pour la mettre dans le chapitre comme future abbesse... pas plus qu'on n'a demandé celui de sa sœur pour la fiancer à un prince laid et désagréable, trop âgé pour elle.

— C'est chose courante dans les grandes familles, dit Oriane. On appelle cela la raison d'Etat.

Clarisse hocha la tête.

— Oui, je sais bien, mademoiselle. Mais chez les comtes de Faldensten, ils sont tout de même trop durs, trop méprisants pour les femmes. On m'a raconté des choses !... Et il paraît que la comtesse Leonora, après trente-cinq ans de mariage, tremble toujours devant son mari. Quant aux jeunes comtesses, elles ne sont rien, moins que rien, devant leur père et leur frère. Pour les petites filles du comte Guido, c'est pire encore. On ne les voit jamais, paraît-il...

— Les petites filles du comte Guido ? répéta Oriane avec surprise... Est-il donc marié ?

— Il l'a été... pas bien longtemps. Sa femme, une princesse de la maison de Bourbon-Parme, est morte après dix-huit mois de mariage. Elle laissait deux jumelles que leur père dédaigne et relègue loin de lui dans cet immense château.

— Quelle nature ! murmura Oriane, frissonnant encore au souvenir de l'énigmatique, troublant regard qui s'était plus d'une fois rencontré avec le sien cet après-midi.

— Ah ! oui. C'est le seigneur loup en plein celui-là, dit-on. Aussi est-il traité comme une divinité par son père, qui était si furieux à la naissance de l'aîné !

— Il y a eu un autre fils ?

— Oui, le comte Günther. Il était né un peu contrefait, et avec une jambe plus courte que l'autre. La comtesse Leonora faillit mourir de désespoir. On fit venir un célèbre médecin de Vienne qui, pendant des années, soigna l'enfant, lui fit suivre un traitement qui le martyrisait. Il arriva à lui rendre le dos à peu près normal et sa jambe presque pareille à l'autre. Mais le pauvre jeune seigneur restait assez frêle, mal bâti, et, de plus, il était laid. Or, deux ans après lui, la comtesse avait mis au monde le comte Guido. C'était le jour et la nuit ! La mère n'avait qu'adoration pour ce fils-là et ne regardait pas l'autre. Quant au père, il montrait ouvertement son dédain au malheureux et lui disait tout crûment : « Maudit soit le jour de ta naissance ! »

— C'est abominable ! s'écria Oriane.

— Abominable ! répéta Aimery.

— Oui, hélas ! Et peut-être y a-t-il eu pis encore... Enfin, pour ne dire que ce qui est sûr, voilà que le comte Günther mourut subitement, il y a huit ans. L'héritier fut, dès lors, son frère Guido, qui venait d'atteindre sa vingtième année. Le comte régnant ne sait que faire pour lui témoigner son idolâtrie paternelle. Tout ce que veut le comte Guido a force de loi près de lui. Comme, depuis un accident qu'il a eu voici deux ans, sa santé reste gravement atteinte, il lui donne peu à peu tout pouvoir, prévoyant sans doute que bientôt la souveraineté lui appartiendra.

— Et ces choses dont vous parlez ?... qu'on raconte ? demanda Aimery avec curiosité.

— Ça, je ne peux rien en dire, monsieur...

Elle baissait instinctivement la voix, en prenant une physionomie craintive.

— C'est trop dangereux de bavarder là-dessus, avec des seigneurs comme ceux-là ! Il y en a qui l'ont payé cher, prétend-on... Là-bas, à une lieue d'ici, il y a une vieille forteresse terrible rien qu'à la voir. On dit que de pauvres gens y sont enfermés à vie, dans d'affreuses basses-fosses, pour avoir seulement murmuré ce que beaucoup pensaient.

En secouant la tête, Clarisse ajouta :

— C'est qu'ils ne plaisantent pas, les seigneurs loups, je vous en réponds !... Allons, je pars maintenant. Reposez-vous un peu, mademoiselle, car vous n'avez pas bonne mine... et puis tâchez de ne pas vous tourmenter. Les choses s'arrangeront, vous verrez.

Mais en quittant la chambre, Clarisse avait repris sa mine soucieuse. Rencontrant peu après Claude dans un couloir, elle lui saisit le bras.

— Dites donc, il y a quelque chose qui me tracasse bien, au sujet de Mlle Oriane !

— Quoi donc ? demanda précipitamment le vieillard, aussitôt alarmé.

— Eh bien ! elle s'est rencontrée chez l'abbesse avec le comte Guido... Et si elle a eu le malheur de lui plaire... dame ! mon pauvre Claude, ce serait une chose terrible, car il n'est pas habitué à la résistance et n'entendrait pas qu'on lui en opposât.

Claude pâlit, sous l'afflux de la terreur.

— Vous m'épouvantez !... Mais Mme de Fonteilleux défendrait sa cousine...

Clarisse eut un rictus d'ironie.

— Ne vous faites pas d'illusions là-dessus... Mme la comtesse — je la connais bien — jugerait que c'est un « honneur », pour sa parente et pour elle-même, de recevoir la faveur d'un si haut et si puissant personnage.

— Non, ce n'est pas possible ! s'exclama l'honnête Claude.

— Cela est pourtant. Et je me suis laissé dire que beaucoup d'autres ont ces idées-là, dans le monde. Du reste, le voudrait-elle, qu'elle ne pourrait rien contre la volonté du comte Guido. Alors, vous comprenez ?... Si belle, on peut craindre que Mlle Oriane ait été particulièrement remarquée, car, quelque difficile que soit le jeune seigneur loup, il pourrait peut-être chercher longtemps avant de trouver rien d'aussi charmant.

— Mon Dieu, mon Dieu, vous me mettez la mort dans l'âme, Clarisse !

— Espérons qu'elle n'a pas plu, mon pauvre Claude... et souhaitons aussi qu'il n'ait pas fait une trop forte impression sur elle, comme il en est de toutes les femmes, bien qu'il les mette plus bas que terre.

***

Cinq jours plus tard, Mme de Fonteilleux, un sourire de triomphe sur ses lèvres minces, entrait chez Mme de Corlys en tenant un papier à la main.

— Voyez ceci, Louise… La comtesse Moldau m'écrit pour nous inviter, Oriane et moi, à venir jeudi au château afin que ma cousine soit présentée aux comtesses de Faldensten.

Mme de Corlys leva les sourcils, en signe de vif étonnement.

— Quoi ?… C'est le comte Guido, probablement, qui leur a parlé d'Oriane ?

— Sans doute.

— Ah !… Mais alors… alors, Athénaïs…

Feignant de ne pas entendre, Mme de Fonteilleux s'approchait du poêle ou brûlait un bon feu.

— Une si prompte invitation ! poursuivit Mme de Corlys en hochant la tête. Vous devez comprendre ce que cela signifie ?…

Mme de Fonteilleux présenta une de ses mains à la chaleur en répondant avec calme :

— Je comprends que vous êtes toujours prompte à vous monter l'imagination. Quoi d'étonnant que, le comte Guido ayant naturellement parlé de sa rencontre avec une jeune émigrée française, la comtesse Leonora et sa fille aient désiré la connaître, entendre le récit de ses malheurs ?

— Je crains surtout que ce soit pour le plaisir et sur la volonté de son fils que la comtesse attire votre cousine à Tholberg !

Mme de Fonteilleux leva les épaules, en répliquant avec une sèche impatience :

— Je n'ai, moi, aucune raison pour le supposer.

Mme de Corlys n'insista pas. Mais elle songea avec un peu de malaise :

« Je n'ose pourtant imaginer qu'elle envisage sans déplaisir la perspective de voir sa parente, cette délicieuse Oriane, succéder à la comtesse Moldau dans la faveur du comte Guido ! »

Quand Oriance apprit l'invitation dont elle était l'objet, elle n'en témoigna aucune satisfaction, ce qui parut scandaliser Mme de Fonteilleux.

— Vous ne semblez pas vous douter de l'honneur qui vous est fait, dit la chanoinesse d'un ton acerbe. Songez que vous êtes une étrangère, sans fortune, sans situation, n'ayant que votre nom, à la vérité des plus anciens de France. Et les comtes de Faldensten ont été, dans les siècles passés, restent encore aujourd'hui de très puissants princes, dont nous sommes maintenant les sujettes.

— Je ne nie point cet honneur, madame. Mais il m'est pénible, dans mon deuil, de me rendre à cette invitation. Toutefois, je reconnais que venant de là, je ne puis m'y dérober. Vous voudrez donc bien m'instruire des points d'étiquette nécessaires.

La chanoinesse lui jeta un coup d'œil hostile. Cette fière dignité l'exaspérait secrètement, non moins que la beauté, le charme rare de cette jeune parente.

La perspective de se rendre à Tholberg, et surtout d'y revoir peut-être le comte Guido, inspirait à Oriane une appréhension étrange. Depuis sa rencontre avec le jeune seigneur loup, elle était hantée par le souvenir de cette figure à

la vérité inoubliable. Le profond, énigmatique
regard la poursuivait jusque dans son sommeil.
Plusieurs fois, elle s'était réveillée en sursaut
après avoir rêvé qu'un loup énorme, qui avait les
yeux du jeune comte, la poursuivait et l'emportait dans une sombre forêt. Pendant le jour, sa
pensée la ramenait souvent vers cette salle
abbatiale où lui était apparu le futur souverain
de Faldensten. Elle revoyait la tête altière aux
épaisses boucles d'un brun fauve, appuyée au
dossier sculpté, le froid visage qui n'avait pas eu
un signe d'émotion, quand elle contait sa triste
histoire. Alors un frisson la glaçait, jusqu'au
cœur.

Aimery manifesta son contentement de voir
sa sœur reçue à Tholberg, car, dit-il, peut-être la
comtesse régnante, si elle était aimable et
bonne, empêcherait-elle Mᵐᵉ de Fonteilleux de
la forcer à entrer dans le chapitre. Mais Claude,
par contre, sembla consterné. Il alla trouver
Clarisse qui leva les bras au ciel en apprenant la
nouvelle.

— Voilà bien ce que je redoutais ! Et la chose
n'a pas traîné. Vous allez voir que, sous peu,
Mˡˡᵉ Oriane recevra sa nomination de demoiselle
d'honneur près d'une des comtesses. Et alors...
alors, mon pauvre Claude...

— Jamais !... jamais Mˡˡᵉ Oriane !... s'écria le
vieillard avec indignation.

— Hélas ! vous ne vous doutez pas de ce que
sont les seigneurs comtes, et particulièrement
celui-là. Il saurait briser toutes les résistances,
s'il en rencontrait. Mais je crois que c'est un
ennui qu'il n'a jamais dû avoir jusqu'ici.

Mlle Oriane sera comme un pauvre petit oiseau tremblant devant lui — et vous seriez de mon avis, si vous le connaissiez.

— Non, non, non ! dit Claude avec colère. Mademoiselle aimerait mieux mourir !... oh ! mourir cent fois !

Clarisse lui jeta un regard où la pitié se mêlait d'ironie.

— Ah ! bien oui !... Pour un autre peut-être, mais lui... Je parierais bien qu'il ne lui sort pas de l'esprit, depuis qu'elle l'a vu !

VI

Le château de Tholberg se trouvait bâti sur un énorme promontoire rocheux, qui dominait une vallée d'aspect sauvage. Il était constitué par une réunion de bâtiments divers et le tout formait un ensemble imposant sur ce haut piédestal, avec des forêts pour cadre. Il existait à l'intérieur un dédale de pièces, de galeries, d'escaliers, de cours, de jardins établis au bord de la falaise rocheuse ou bien sur des rocs en gradins. Un grand parterre tracé par un élève de Le Nôtre s'étendait devant le corps de logis bâti au siècle précédent sous le règne du comte Ugo II et qu'on appelait le Pavillon d'argent, parce qu'à l'exemple de Louis XIV, ce Faldensten y avait fait placer des tables, des coffres, de grands candélabres d'argent massif et ciselé qui subsistaient encore, alors que ceux du château

de Versailles avaient depuis longtemps passé à la
fonte. Au-delà du parterre commençait un parc
presque aussi sauvage que la forêt, par quoi il
était continué.

Dans un des salons du Pavillon d'argent se
tenait la comtesse Leonora, ce jeudi où devait
lui être présentée Mlle de Cormessan. Elle était
étendue sur un lit de repos, dans une attitude de
grande fatigue. Une robe de damas pourpre
habillait à merveille sa taille restée mince et
donnait de l'éclat à son visage fardé avec un art
incomparable. Elle tenait closes ses paupières
bordées de longs cils noirs et la bouche, petite,
bien carminée, avait un pli d'amère souffrance.

Leonora était une princesse Faldecchi, d'une
branche détachée au XIVe siècle du vieux tronc
de Faldensten pour s'établir en Italie où elle
avait fait souche d'une race presque aussi belle
et vigoureuse que celle des cousins autrichiens.
Il n'y avait eu, depuis lors, que de rares unions
entre les deux maisons qui ne voulaient pas
risquer d'appauvrir leur sang. C'était donc en
réalité une cousine fort éloignée qu'avait épousée Tankred III de Faldensten. Cependant, par
une singulière coïncidence, le premier enfant
qu'elle lui avait donné, Günther, était infirme.
Les autres, par contre, avaient hérité des dons
physiques et de la vigueur de leur père, ainsi que
de la beauté maternelle. Mais après la naissance
d'Ottilie, sa seconde fille, la santé de la comtesse, jusqu'alors sans atteinte, avait commencé
de décliner. Toutefois, elle luttait énergique-
ment contre cette langueur, elle luttait contre les
atteintes portées par l'âge à sa beauté. Car le

comte Tankred méprisait les santés délicates ; il avait coutume, aussi, de ne plus faire cas d'une femme dès qu'elle perdait ce qui seul comptait pour lui : son charme physique, et Leonora, toujours éprise de cet époux ouvertement et constamment infidèle, s'évertuait de toutes ses forces à lui plaire encore et à dérober l'incessant affaiblissement de sa santé.

Près d'elle, travaillant à un ouvrage de parfilage, se tenait sa dame d'honneur, la comtesse Freihild Moldau. On disait qu'elle avait du sang tzigane dans les veines, par une de ses aïeules. Dans son fin visage ambré, des yeux noirs au regard caressant luisaient entre les paupières bordées de cils foncés. La bouche entrouverte, d'un rouge presque sanglant, laissait voir des petites dents éblouissantes. Dans les cheveux noirs, poudrés selon la mode d'alors, un papillon de diamants scintillait à chacun des mouvements de la tête rattachée par un cou souple et fin au buste bien modelé, habillé de soie couleur de feu.

Les flammes sifflaient dans la cheminée de marbre, où de temps à autre s'écroulaient d'énormes braises. Sur un trépied de bronze, une cassolette d'or laissait échapper une mince fumée odorante. Contre les boiseries blanches étaient suspendus deux grands tableaux représentant le comte Ugo et son fils Tankred, tous deux en tenue de colonel général des dragons de Faldensten. Sur une table, près de la comtesse Leonora, des fleurs cultivées en serre étaient posées devant un petit portrait du comte Guido.

— Freihild, enlève la cassolette. Monsei-

gneur Tankred trouverait que cette salle est trop
parfumée.

La comtesse levait ses paupières, laissant voir
des yeux dorés comme ceux de son fils, mais
languissants et un peu fiévreux. Ces yeux-là
avaient été superbes, ardents, pleins de flamme,
et ils restaient encore beaux, surtout quand une
animation plus ou moins factice y apparaissait.

— Sa Grâce ne dirait rien, puisque ce parfum
plaît à monseigneur Guido, dit Freihild.

La jeune femme posa son ouvrage près d'elle
et se leva pour aller vers le trépied. Elle était
presque petite, mais bien proportionnée, et
souple, très féline. On disait d'elle, assez justement, qu'elle avait une allure de jeune fauve.
L'année précédente, elle avait paru dans un
ballet donné au château, couverte d'une peau de
panthère, en mimant admirablement la démarche, les onduleux mouvements du terrible félin.
C'était à dater de ce jour que le comte Guido lui
avait accordé une attention jusqu'alors recher-
chée vainement par elle.

Quand la dame d'honneur eut porté la cassolette dans la pièce voisine, elle revint près de la
comtesse, qui avait de nouveau fermé les yeux.
Freihild prit un des petits chiens couchés sur un
coussin de soie pourpre, au pied du lit de repos,
et rajusta le nœud attaché parmi les longs poils
gris argent.

— Quelle heure est-il? demanda languissam-
ment Leonora.

— Trois heures, madame.

— La chanoinesse et la jeune fille vont bientôt arriver... Je suis curieuse de connaître quel

genre de beauté peut avoir cette Française, pour plaire si subitement à monseigneur Guido.

Dans les yeux de Freihild passa une lueur qui leur donna, soudainement, un éclat presque sauvage.

— ... Il n'a pas coutume d'être si prompt à fixer son choix. Il sait le prix de sa faveur et la fait attendre — parfois longtemps — tu en sais quelque chose, Freihild ?

La comtesse Moldau se mordit nerveusement les lèvres, en se penchant pour remettre le chien sur le coussin.

Leonora eut un sourire d'amère ironie.

— Tu n'avais pas d'illusions sur la durée de cette faveur, je suppose, mon enfant ? C'est ainsi, vois-tu, avec « eux ». Et nous continuons néanmoins de leur être attachées par toutes les fibres de notre être, nous restons prêtes à leur sacrifier tout...

La voix indolente prenait une intonation d'ardeur contenue, le visage frémissait longuement, sous le fard.

— ... Nous sommes leurs très humbles esclaves, qu'ils peuvent fouler aux pieds selon leur bon plaisir sans que nous osions élever une plainte.

— Oui, dit sourdement Freihild.

— Telle est la destinée des femmes sur qui s'arrête le choix d'un Faldensten, acheva la comtesse en laissant retomber sur l'oreiller de soie blanche sa tête coiffée de cheveux blonds poudrés.

Freihild, les lèvres serrées, fit un pas vers son siège. A cet instant, une porte s'ouvrit et deux personnes parurent : la comtesse Ottilie et sa demoiselle d'honneur, la baronne Thecla de Hadstein.

— Entre plus doucement, Ottilie ; je te l'ai déjà recommandé. Tu m'agites toujours les nerfs, dit Leonora d'un ton acerbe.

Avec un geste impatienté, elle écarta la jeune comtesse qui se penchait pour lui baiser la main. Sur les lèvres d'Ottilie se dessina un pli de souffrance. Les yeux d'un beau bleu pervenche, vifs et tendres, se baissèrent comme pour dérober une larme. Silencieusement, la jeune fille s'assit à quelques pas de sa mère, sur un siège que lui avançait Freihild.

Mlle de Hadstein, après avoir salué la comtesse Leonora, prenait place près de la comtesse Moldau, sa cousine. Grande, blonde, distinguée, mais froide, elle faisait repoussoir à l'habile Freihild qui avait manœuvré le plus adroitement du monde pour qu'elle fût nommée près de la jeune comtesse, bien certaine que Thecla, en dépit de tous ses espoirs, ne serait jamais une rivale pour elle.

— Ottilie, tu es horriblement habillée, dit Leonora en jetant sur sa fille un coup d'œil critique.

Ottilie regarda sa robe blanche, élégante sous une apparente simplicité, et qui seyait à sa taille haute, bien prise, à son beau teint de blonde.

— Il me semblait qu'elle était bien... Elle me plaisait beaucoup, murmura-t-elle avec quelque confusion.

Leonora eut une moue de dédain.

— Tu as des goûts ridicules. Cette couturière

française ne me plaît décidément pas, tout élève de la fameuse Bertin qu'elle ait été. Je vais me décider à la renvoyer.

D'une main complaisante, elle lissa le damas rouge de sa robe, garnie de lourdes et somptueuses broderies d'argent :

— ... Elle ne saurait me faire rien d'aussi bien que ceci. Oui, je la renverrai, décidément.

Ce fut à cet instant que le chambellan prince Meneschi introduisit Mme de Fonteilleux et Mlle de Cormessan.

La comtesse Leonora les accueillit avec une certaine amabilité indolente. Oriane fut aussitôt l'objet de son attention, assez peu voilée pour gêner la jeune fille déjà impressionnée par son entrée dans l'imposant repaire des seigneurs loups et par ce faste princier qu'elle n'avait jamais connu.

Plus discrète, l'attention d'Ottilie et des dames d'honneur n'était pas moins vive. Mais Freihild, surtout, considérait la jeune Française avec une sorte d'avidité farouche. Et ses lèvres tremblaient, ses yeux devenaient plus sombres derrière le voile de leurs cils.

Quelques-unes des personnes qui formaient la cour des souverains de Faldensten arrivèrent presque aussitôt. Puis parurent les deux comtes, suivis de leurs aides de camp — ou plutôt de leurs premiers écuyers, comme on continuait de les désigner ici.

Le père et le fils étaient de la même taille et aussi remarquablement proportionnés. Mais Tankred n'avait jamais eu la souple élégance de Guido. Il avait été un homme superbe de

vigueur, de force altière ; il essayait de le rester
encore jusqu'au bout, en dépit du mal dont il
était atteint. Deux ans auparavant, au cours
d'une chasse à l'ours, il avait été attaqué par la
bête fauve ; d'un coup de poignard au cœur, il se
délivrait de la terrible étreinte. Mais la bête
agonisante l'entraînait avec elle sur la pente
rocheuse au bord de laquelle avait eu lieu la
lutte. Dans cette chute, le comte n'avait eu, en
apparence, que de fortes contusions. Mais un
mal interne s'était déclaré peu après, minant le
robuste tempérament. Toutefois, le comte Tankred continuait de mener à peu près la même
existence. Il chassait, montait à cheval, sans
écouter les prières des médecins. Dur à lui-
même comme aux autres, il domptait sa souffrance et quand celle-ci devenait intolérable, il
s'enfermait pour qu'on ne le vît pas faiblir.

Sur le fier et dur visage, la maladie, cependant, mettait son empreinte, creusant les joues,
soulignant les yeux d'une ombre violette, donnant une nuance terreuse à la pâleur mate du
teint. Mais le regard restait ferme, impérieux,
rudement dominateur et la haute taille demeurait toujours droite et altière.

A l'entrée de son mari et de son fils, la
comtesse Leonora parut soudain transformée.
Elle se leva, alla vers eux pour les saluer selon le
cérémonial en usage dans cette maison princière, où les femmes devaient toujours hommage au souverain et à son héritier, fussent-ils
même leur fils. Son allure n'avait plus d'indo-
lence, sa physionomie plus de fatigue. Avec un
très gracieux sourire, elle présenta à son mari

Mlle de Cormessan. Oriane, intimidée au-delà de tout ce qu'elle avait jamais éprouvé, se sentit enveloppée d'un regard scrutateur par le père, et de cet autre regard, celui du fils, qui l'avait poursuivie dans ses rêves.

— Nous avons plaisir à vous avoir dans notre cour, mademoiselle de Cormessan, dit Tankred III de sa voix sonore et froide. J'espère que vous resterez notre sujette le plus longtemps possible — toujours, peut-être.

Sur ces mots, qui représentaient pour lui le summum de la bonne grâce, le comte régnant s'assit, après que sa fille fut venue lui baiser la main.

Guido fit un geste, et le chambellan, s'approchant d'Oriane qui allait modestement reprendre sa place, lui indiqua d'un signe respectueux un siège près du fauteuil où venait de s'asseoir le jeune comte. Elle obéit à cette invitation, le cœur troublé, quoiqu'elle ne soupçonnât pas ce que signifiait cette faveur pour ceux qui l'entouraient.

La comtesse Leonora était une causeuse brillante. Elle avait, en outre, un esprit très cultivé, le goût des arts et des lettres. Ce n'était pas le cas pour son mari, grand chasseur, écuyer intrépide, mais peu porté vers les occupations intellectuelles. Il ressemblait en cela à la plupart de ses ancêtres. Toutefois, il y avait eu des Faldensten artistes et lettrés... De ce nombre était Guido. Le comte Tankred avait cependant quelque goût pour la musique et quoiqu'il ne se privât guère de mépriser ouvertement la culture d'esprit de sa femme, il daignait parfois s'intéresser un moment aux anecdotes, aux propos légers qu'elle sortait de sa vive imagination pour essayer de retenir l'attention de son seigneur et maître.

Oriane la regardait, l'écoutait avec une surprise ingénue. Cette femme parée, au visage délicatement rosé, aux yeux vifs, lui paraissait trop jeune pour être la mère du comte Guido. Elle observait aussi, discrètement, les autres personnes qui l'entouraient. La comtesse Ottilie lui plaisait beaucoup plus que sa mère. Elle n'avait pas la beauté fine, régulière de sa sœur Hélène, mais son teint était d'une grande fraîcheur, et sa taille sculpturale. De son père, elle tenait des cheveux blonds légèrement nuancés de roux, poudrés comme ceux de toutes les femmes présentes, hors la chanoinesse et sa jeune parente. Elle aussi regardait beaucoup Oriane, et une pensive tristesse, une sorte de compassion paraissaient dans le bleu doux de ses yeux.

Le comte Guido ne semblait accorder aucune attention à la jeune fille assise près de lui. Sa main fine et longue caressait les oreilles d'un dogue énorme, son chien favori, sans lequel on ne le voyait guère. Il paraissait indifférent à la conversation et gardait, au coin de sa bouche ferme et dure, un pli de froid dédain. Mais comme des serviteurs entraient, apportant une collation, il se tourna vers Oriane.

— Etes-vous musicienne, mademoiselle ?

— Je joue de la harpe et du clavecin, monseigneur.

— Eh bien ! nous désirons vous entendre sur

LES SEIGNEURS LOUPS 65

l'un ou l'autre de ces instruments. La comtesse Moldau va vous conduire dans la salle de musique.

La dame d'honneur se leva, fit quelques pas vers Mlle de Cormessan, qu'elle salua. Oriane, dont le teint délicat s'était couvert de rougeur, la suivit dans la pièce voisine, grande salle tendue de tapisseries, où se trouvaient un clavecin décoré de fines peintures et une harpe aux dorures pâlies.

Oriane s'assit devant le premier. Elle était fort émue et ses mains tremblaient un peu en commençant un rondeau de Mozart. Mais elle se remit vite, oubliant ceux qui l'écoutaient dans l'enchantement où la tenait toujours la musique. Chez la chanoinesse, il n'y avait aucun instrument et cette privation qui datait du départ de Pierre-Vive avait été pénible à Oriane.

Tandis qu'elle jouait, sa pensée la reportait vers la demeure ancestrale, dans le grand salon aux boiseries claires ouvrant par trois fenêtres sur le parterre fleuri. Combien de fois avait-elle fait entendre ce rondeau à Mlle Elisabeth, dont il était le morceau préféré ! Chère tante Elisabeth... cher logis que, peut-être, elle ne reverrait jamais !

Des larmes montaient à ses yeux, une tristesse profonde lui serrait le cœur, mêlée à une appréhension douloureuse. Quand la dernière note s'éteignit sous ses doigts, elle resta un moment immobile, les mains abandonnées sur le clavier. Puis, elle se leva et se détourna. La comtesse Moldau avait quitté la pièce. Mais à quelques pas derrière la musicienne se tenait le comte Guido, les bras croisés.

— Vous comprenez admirablement Mozart, mademoiselle !

Elle dut baisser les yeux sous ce regard, qui faisait courir en elle un étrange frisson. Le comte s'approcha, lui demanda par qui lui avait été enseignée la musique. Elle répondit que c'était un vieux maître de chapelle originaire d'Autriche, auquel Aimery et elle devaient aussi de parler couramment l'allemand.

— Cela vous sera utile ici, dit Guido. Quoique, ainsi que dans le monde aristocratique de l'Empire, le français soit à notre cour la langue habituelle.

Puis il mit l'entretien sur Pierre-Vive, sur les anciens Cormessan, sur les parents d'Oriane. Tout en parlant, il marchait dans la pièce, en se dirigeant vers une galerie voisine dont la profondeur apparaissait par une porte ouverte à deux battants. Oriane, en lui répondant, devait le suivre. Elle se trouva ainsi dans l'immense galerie aux murs de porphyre, où des massives tables d'argent alternaient avec des sièges couverts de tapisseries admirables.

C'était un véritable interrogatoire que lui faisait subir le comte, sur ses goûts, sa manière de vivre à Pierre-Vive, sa famille, la santé de ses parents, les alliances contractées par ses ascendants. Et, tout en lui répondant, elle avait conscience qu'il ne la quittait pas du regard.

Oh ! combien elle souhaitait de revenir là-bas, dans le cercle qui entourait le comte régnant et sa femme !

Mais Guido continuait d'arpenter la galerie, de son pas ferme et souple, en interrogeant maintenant la jeune fille sur son existence chez la chanoinesse. Et toujours, toujours il la regardait ! Comme il fallait bien qu'elle levât parfois les yeux pour lui répondre, toujours elle rencontrait ces prunelles aux reflets d'or ardent, qui la troublaient jusqu'au fond de l'âme.

Enfin, il la ramena dans le salon, où le comte régnant, la comtesse Leonora et les courtisans après eux firent compliment à Oriane sur son talent musical. Leonora, de la voix suave qu'elle savait prendre parfois, ajouta en s'adressant à M\ume\ de Fonteilleux :

— Vous avez la plus charmante cousine du monde, comtesse, et douée de toutes les perfections.

La chanoinesse prit un air de componction ravie, en inclinant respectueusement la tête pour remercier la noble dame. Et les courtisans, par leurs regards, par leurs sourires, approuvèrent discrètement, semblèrent offrir un hommage à la jeune fille si simplement vêtue, de nouveau assise près du comte Guido, belle à miracle avec un visage rougissant et ses yeux bleus profonds, chauds et mystérieux comme l'onde ensoleillée, foyer de candeur et de fierté délicate.

Les dames d'honneur servaient la collation. Guido avait repris son air d'indifférence et jetait à peine quelques monosyllabes dans la conversation. Puis les deux comtes se retirèrent. Ils devaient, une heure plus tard, partir pour l'un de leurs pavillons de chasse où ils comptaient passer trois ou quatre jours. Oriane fut honorée d'un « A bientôt, mademoiselle », du comte Guido, qui sembla épanouir d'aise Mme de Fonteilleux et fit blêmir Freihild dont la physionomie défaite témoignait d'un intense bouleversement.

La chanoinesse et sa jeune parente s'éloignèrent à leur tour, après d'aimables paroles de la comtesse Leonora qui appela Mlle de Cormessan « ma charmante Oriane ». Ottilie et les courtisans se retirèrent aussi et il ne resta plus dans le salon où flottait un délicat et capiteux parfum, que Leonora et sa dame d'honneur.

Freihild, nerveusement, allait et venait, rangeant des sièges, frappant le tapis des hauts talons de ses petits souliers. La comtesse avait repris son lit de repos et son attitude languissante. Les yeux mi-clos, elle caressait un des petits chiens blotti sur ses genoux.

— Vraiment, elle est infiniment jolie ! dit-elle du ton dont elle aurait continué une conversation commencée.

Freihild ne parut pas entendre et, s'approchant de la table, redressa les fleurs placées devant le portrait du comte Guido.

— ... Plus que jolie. Un charme rare existe en elle... Viens ici, Freihild. Tes allées et venues me fatiguent.

La dame d'honneur vint s'asseoir sur un coussin, près de Leonora. Celle-ci posa la main sur son épaule en lui jetant un coup d'œil ironique.

— Je comprends que tu sois nerveuse. Voilà une rivale dangereuse, et dont la faveur a été nettement établie dès aujourd'hui... Pourvu que monseigneur Guido n'ait pas l'idée de me la donner comme dame d'honneur, en ton lieu et place !

Freihild leva sur elle des yeux sombres, chargés de sauvage colère.

— S'il en était ainsi, je resterais quand même à Tholberg ! Vous me garderiez près de vous, madame. Alors, du moins, je « le » verrais... Vous me garderiez, madame, parce que vous me devez trop pour me refuser quoi que ce soit.

— Je n'ai aucun désir de me séparer de toi, et je ne renie pas mes dettes ! Mais si monseigneur Guido voulait que tu partes, je ne pourrais rien, rien contre cette volonté, tu le sais bien.

— Pourquoi le voudrait-il ?

Un rictus de sarcasme soulevait la lèvre de la jeune femme.

— ... Je n'existerai pas plus pour lui que si jamais il n'avait daigné me remarquer. Une femme, à ses yeux, est quelque chose de bien inférieur à ses faucons, à ses chiens, à ses chevaux. Oui, un animal inférieur, qu'il rejette dédaigneusement de sa vie quand il a cessé de lui plaire. Ainsi, un jour, lui ai-je vu renvoyer d'un coup de botte un lévrier qui avait été pendant quelque temps son favori. La bête hurlait de douleur... Et moi...

Un rauque ricanement s'échappa de la gorge contractée.

— C'est ainsi... c'est ainsi ! murmura la comtesse Leonora.

Ses traits se crispaient, sa bouche eut une contraction de souffrance.

— ... J'ai connu tout cela, Freihild... et

depuis trente-cinq ans. Il est terrible d'aimer un Faldensten, je te l'ai déjà dit. Mais pour notre malheur, ils se font aimer jusqu'au fanatisme, jusqu'à la plus humble idolâtrie.

Freihild, pâle, crispée, serrait les lèvres comme pour comprimer un cri de souffrance ou de fureur prêt à s'en échapper. La main de Leonora s'appuya un peu plus sur son épaule, en un geste de caresse.

— Songe, comme légère consolation, que cette jeune fille connaîtra pareillement le méprisant abandon. Ainsi, moi, me suis-je réjouie de telles souffrances qui, pourtant, n'égalaient pas les miennes, car nulle ne sait aimer comme moi... sauf toi peut-être, Freihild.

— Oui ! dit ardemment la jeune femme. Et cette joie farouche dont vous parlez, je l'éprouverai aussi, ne craignez rien !... Avez-vous vu, madame, comme cette Française a de la fierté dans le regard ? Eh bien ! je me sens tout en allégresse à la pensée qu'elle ne sera plus qu'une humble petite chose, une lâche esclave devant monseigneur Guido !

— Tu sais haïr, mon enfant !

Dans l'accent de la comtesse, il n'y avait aucune désapprobation.

Les yeux de Freihild eurent une sauvage lueur.

— Haïr... et aimer... jusqu'au crime, dit-elle à mi-voix.

Leonora tressaillit, ses lèvres tremblèrent. Elle ferma les yeux en retirant sa main encore appuyée sur l'épaule de la dame d'honneur.

Freihild eut un rire bas et sardonique.

— Cela vous fait peur ? Moi, je n'ai pas de remords. Je le ferais encore aujourd'hui... oui, même aujourd'hui où il vient de me déchirer le coeur. Lui est au-dessus de tout... au-dessus de tout !

VII

Oriane, après cette audience à la cour de Faldensten, fut assez étonnée de voir la chanoinesse lui témoigner une amabilité, des prévenances qu'elle n'avait pas connues auparavant. Elle attribua ce changement un peu à l'évidente bienveillance dont elle avait été l'objet de la part des souverains, mais aussi — car elle s'était aperçue de quelque sournoiserie et fausseté chez sa parente — à l'intention de la flatter, de l'emboeliner pour lui faire accepter de bonne grâce son entrée dans le Chapitre et l'admission d'Aimery comme page à Tholberg.

« Elle ne me connaît pas, si elle croît me prendre ainsi, pensa la jeune fille avec une irritation mélangée de mépris. »

Aimery avait demandé un récit détaillé de cette visite au château. Il disait avec regret :

— Ah ! j'aurais voulu y être ! J'aurais voulu connaître les seigneurs loups !

— Tu te sentirais comme un craintif agneau devant eux, mon pauvre Aimery, répliquait-elle avec un sourire forcé.

Elle-même n'avait-elle pas cette impression...

devant le comte Guido surtout ? Oui, même maintenant, hors de sa présence, elle ne pouvait songer à lui sans un trouble étrange ; elle revoyait son dur visage altier, sa bouche dédaigneuse et la terrible beauté de ses yeux, froids et fascinants à la fois comme le métal précieux dont ils avaient parfois la couleur.

Une autre physionomie, aussi, hantait son souvenir : celle de la jolie dame d'honneur dont, à plusieurs reprises, elle avait rencontré le noir regard glissé furtivement vers elle.

« Je n'aime pas cette figure », songeait-elle avec une impression de malaise.

Mme de Fonteilleux avait donné à Mme de Corlys quelques détails sur la réception à Tholberg ; mais elle n'avait dit mot de la faveur ouvertement montrée par le comte Guido à Oriane. Il serait toujours temps, pensait-elle, d'entendre ses objections de femme trop scrupuleuse. Elle, Athénaïs de Fonteilleux, avait l'esprit large. Tout en se scandalisant vertueusement de la plus petite faute commise par le commun des mortels, elle jugeait que le bon plaisir des grands de ce monde faisait force de loi et que la faveur d'un Faldensten valait bien qu'on lui sacrifiât même l'honneur.

Et puis, après tout, qu'y pouvait-elle ? Oriane allait sans doute recevoir un emploi à la cour, près d'une des comtesses. Impossible de refuser pareille chose, dans sa situation. Elle, Mme de Fonteilleux, ne pourrait être près de sa jeune parente pour la garder. C'était affaire à celle-ci de ne pas faillir, tout simplement.

Ainsi raisonnait cette femme rusée, sans scrupule, pour tranquilliser complètement une conscience qui n'avait pas de bien grands sursauts.

Cinq jours après cette première visite à Tholberg, la chanoinesse reçut avis du prince Meneschi que le comte Tankred l'attendait le lendemain à deux heures. Elle ne dit mot à personne de cette convocation, qui la surprenait, car elle ne comprenait pas dans quel dessein le comte voulait la voir. Ce n'était pas la coutume, à la cour de Faldensten, que le souverain agît ainsi pour nommer une dame d'honneur — celle-ci fût-elle destinée à devenir la favorite de son fils.

Au retour, Mme de Fonteilleux fut aussi muette qu'à son départ, sur cette audience. Mais un tumulte d'espoirs orgueilleux s'agitait en elle. Le comte Tankred l'avait minutieusement interrogée sur la famille de Cormessan, sur Oriane et lui avait annoncé que le médecin de la cour irait rendre visite à celle-ci, pour s'assurer de sa bonne santé, en vue d'un mariage auquel lui, le comte de Faldensten, songeait pour cette jeune personne. Or, Mme de Fonteilleux n'ignorait pas que cette formalité précédait toujours la demande en mariage d'un Faldensten, fût-il question d'une princesse du plus haut lignage.

Ne rêvait-elle pas ? Se pourrait-il que le comte Guido songeât ?... Evidemment, ce ne serait pas le premier mariage de ce genre, dans cette maison, et les Cormessan étaient d'une antique race, descendants légitimes, par les femmes, des derniers rois mérovingiens. Le comte Tankred avait dit, en apprenant cela : « Ils sont plus nobles que les Bourbons et les Habsbourg-Lorraine. »

Un rêve... un rêve, pour cette petite Oriane qui était arrivée ici dépourvue de tout, vêtue comme une pauvresse. Et, pour elle, Athénaïs de Fonteilleux, quel honneur !

Oriane ressentit plus vivement encore sa méfiance, quand elle vit la chanoinesse, devenue d'une douceur de miel, s'apitoyer sur ses joues pâlies, sur ses yeux un peu cernés, puis déclarer qu'elle avait demandé au médecin de la cour de venir la voir.

— Le médecin ? Mais je n'en ai pas besoin le moins du monde !

— Si, si, chère enfant ! Après les épreuves que vous avez endurées, il faut vous soigner. Vous verrez demain le docteur Frunck, qui est un homme de talent et de grande conscience.

— Eh bien ! je lui demanderai de voir aussi Aimery, si vous le permettez, madame ?

— Très volontiers, répondit la chanoinesse, prête à toutes les concessions.

Le docteur Frunck, dès le premier abord, déplut à Oriane. Assez petit, replet, vêtu avec recherche, il avait sur son gras visage de quinquagénaire un sourire obséquieux et parlait doucereusement, avec une lenteur étudiée. Il déclara que Mlle de Cormessan se portait fort bien et qu'il suffisait de quelques fortifiants pour dissiper une légère atteinte d'anémie, conséquence de ses chagrins... Quant à Aimery, il lui trouva une grande faiblesse, mais une constitution saine, et conclut qu'avec des soins éclairés, ce jeune garçon pourrait, en quelques années, devenir aussi vigoureux qu'un autre.

Pour cette affirmation, Oriane trouva le docteur Frunck presque sympathique. Aimery, lui, exultait.

— Oriane, il va me guérir !... N'est-ce pas ? s'écria-t-il quand il se trouva seul avec sa sœur.

— Oui, cher Aimery... oui... certainement !

Mais elle songeait tout à coup avec angoisse : « Comment le ferai-je soigner ? Avec quoi payerai-je ce médecin et les médicaments nécessaires ? »

Toute sa joie était tombée. Il ne lui restait plus l'espoir — jugé par elle-même bien chimérique — d'intéresser au sort de son frère Mme de Fonteilleux, qui semblait mieux disposée en ce moment.

Elle attendit trois jours avant de se décider à cette démarche. Et comme elle allait faire demander un instant d'entretien à la chanoinesse, elle vit celle-ci entrer dans sa chambre, vêtue du manteau violet qu'elle mettait seulement pour les offices religieux et les visites à la cour.

Une allégresse orgueilleuse brillait dans le regard de Mme de Fonteilleux et vibra aussi dans sa voix quand elle dit, en prenant la main d'Oriane :

— J'ai une grande, heureuse communication à vous faire, chère enfant... J'arrive de Tholberg, où m'avait mandée le comte régnant pour m'apprendre que monseigneur Guido daignait faire choix de vous comme son épouse.

Oriane sursauta avec un cri étouffé.

— Vous dites ?... Vous dites, madame ? Monseigneur Guido ?...

Elle attachait sur la chanoinesse des yeux élargis par la stupéfaction.

Mme de Fonteilleux eut un sourire indulgent.

— Oui, vous êtes abasourdie, chère Oriane ? Je le comprends !... Quoique, à la réflexion, vous soyez d'assez bonne lignée pour qu'un Faldensten accepte de vous élever jusqu'à lui. Puis vous êtes fort belle et bien portante, deux points capitaux pour les seigneurs comtes. Le mariage sera néanmoins un très grand honneur pour vous, Oriane...

— Mais je ne veux pas !... je ne veux pas !...

Oriane se redressait, frémissante, avec une sorte d'épouvante dans le regard.

— ... Vous direz... vous remercierez... Mais je ne veux pas !

— Vous ne voulez pas ? répéta la chanoinesse en scandant les mots.

Elle considérait la jeune fille avec une stupéfaction qui, presque aussitôt, se noyait sous une froide colère.

— ... Etes-vous folle, Oriane ? Vous devriez vous jeter à genoux, remercier le Ciel qui vous réserve un tel sort ! Le comte de Faldensten !... le comte Guido qui veut bien vous choisir entre toutes !

— Je ne veux pas ! répéta Oriane, devenue très pâle et dont les lèvres tremblaient.

Mme de Fonteilleux posa sur son bras une main dure.

— Il ne s'agit pas d'enfantillages, prenez-y garde ! Une folie de votre part aurait les conséquences les plus graves. Les seigneurs comtes n'admettraient pas un refus et si vous vous le permettiez, ils sauraient en prendre une terrible revanche, sur vous, sur moi qui vous ai recueillie. Car on n'insulte pas impunément des Faldensten. Et ce serait une insulte pour eux, pour le comte Guido surtout, si vous, une simple demoiselle de Cormessan, pauvre, dénuée de tout, refusiez de vous unir à lui.

Oriane eut un ardent mouvement de révolte.

— Ils ne peuvent pourtant pas me contraindre !... Je suis libre !

— Non, vous ne l'êtes pas ! Ici, vous êtes leur sujette et ils sauraient vous en faire souvenir. En outre, vous n'avez pas le droit de refuser une situation tellement inespérée, qui rendrait folle de joie toute autre femme... Quand ce ne serait que pour Aimery...

La chanoinesse touchait habilement la corde sensible.

— ... Son avenir serait assuré. Il recevrait les soins nécessaires...

— Qui sait ? J'aurais peur pour lui de ces terribles comtes... Ils peuvent nous séparer...

— Pourquoi ces craintes ? Le comte Guido n'aura aucune raison pour ne pas bien traiter le frère de sa femme... Et, mon enfant, il ne faut pas prêter attention à ce qu'on a pu ou pourrait vous raconter sur des prétendus faits et gestes des seigneurs comtes. Ce sont des hommes qui savent faire respecter leur autorité, simplement. Du moment que vous serez une épouse aimable et soumise, comme ce sera votre devoir, monseigneur Guido vous rendra fort heureuse. Aimery vivra naturellement à Tholberg et vous pourrez surveiller son éducation, les soins que l'on donnera à sa santé... La comtesse Leonora sera une belle-mère bonne et charmante, la comtesse Ottilie sera pour vous une agréable compagnie. Non, je ne vois vraiment pas ce qui peut vous effrayer dans ce mariage !

— C'est « lui », le comte Guido ! dit Oriane d'une voix oppressée.

— Le comte Guido ?

Mme de Fonteilleux levait les mains au plafond.

— Mais, mon enfant, il ne faut pas vous arrêter à son air fort... intimidant, je l'avoue. C'est un homme de haute valeur, très supérieur à son père au point de vue intellectuel. Vous aurez là un époux que les femmes les plus haut placées vous envieront, et dont je ne doute pas que vous soyez vous-même très éprise.

— Non, non ! murmura Oriane.

Ses lèvres tremblaient. Un flot de sang monta à son visage.

— ... Je ne pourrai me décider à ce mariage !... Je vais y réfléchir, mais... non, je ne pourrai pas !

— Il n'est pas question de réfléchir. Le comte régnant n'attend pas de réponse. Il m'a fait connaître sa volonté, celle de son fils, et pour eux la question est réglée. Dans six jours, m'a-t-il dit, seront célébrées les fiançailles. Demain viendra la couturière française de la cour, pour vous faire la toilette nécessaire.

— Je n'accepterai pas d'être traitée ainsi qu'un objet dont on dispose, sans souci de mon cœur, de ma dignité ! Je ne comprends pas que de vous-même, madame, vous n'ayez pas songé à le faire entendre au comte régnant !

Mme de Fonteilleux eut un petit ricanement.

— Ç'aurait été là une belle besogne ! Au reste, je ne vois pas trop quelqu'un — et vous-même qui faites si bien l'indignée — osant discuter avec le comte Tankred... Vous ne semblez pas vous rendre bien compte de l'absolutisme qui subsiste ici, dans ce petit pays de Faldensten, et du pouvoir despotique conservé par les comtes souverains. Pouvoir d'autant plus grand qu'ils exercent la justice eux-mêmes, sans intermédiaires et sans aucun recours... Vous avez pu voir de quelle humble déférence ils sont l'objet...

Oui, Oriane avait remarqué l'humilité craintive des courtisans, leurs serviles approbations de toute parole, de toute opinion sortie de la bouche du souverain.

— ... C'est qu'on n'ignore pas ce qu'il en coûterait d'encourir leur déplaisir... Moi aussi, Oriane, je le sais, et je vous dis que si vous essayiez de repousser l'honneur qui vous est fait, vous, votre frère, moi-même en porterions durement la peine.

— Et c'est un tel homme que vous voudriez m'obliger à épouser ?... Un homme capable de cet odieux abus de pouvoir ?

— Je ne vous oblige à rien. Je vous mets simplement en face d'une situation à laquelle vous ne pouvez vous dérober. D'ailleurs, songez que les désagréments inhérents à la nature des seigneurs comtes sont compensés par bien des

satisfactions. Voyez la comtesse Leonora. A-
t-elle l'air d'une femme malheureuse ?

— Je ne me contenterais pas de ce qui lui
suffit peut-être : sa richesse, son luxe, ses plai-
sirs. Il m'est impossible... impossible d'accepter
ce mariage !...

La voix d'Oriane s'étrangla un peu à ces
derniers mots.

Mme de Fonteilleux lui jeta un coup d'œil
ironique.

— Si, vous l'accepterez, car vous reconnaî-
trez qu'il n'y a pas d'autre solution. Pensez
aussi à votre frère, je le répète... Maintenant, je
vous laisse. Calmez-vous, envisagez la situation
par ses meilleurs côtés, qui sont nombreux, et
n'écoutez pas les ridicules racontars que l'on
pourrait vous faire. Ne vous montez pas non
plus la tête au sujet de monseigneur Guido. Il ne
sera pas plus mauvais mari que son père et vous
l'aimerez comme la comtesse Leonora a aimé,
aime toujours le comte Tankred.

Là-dessus, Mme de Fonteilleux se pencha pour
mettre un sec baiser sur le front de sa jeune
parente, puis quitta la pièce. Elle se rendit
aussitôt chez Mme de Corlys et lui annonça, sans
préambule, les fiançailles d'Oriane avec le
comte Guido.

Mme de Corlys en demeura muette de stupéfaction. Il fallut que l'autre chanoinesse lui
répétât cette invraisemblable nouvelle pour
qu'elle y crût enfin.

— Seigneur ! Athénaïs, j'en suis toute renver-
sée ! Cette enfant... un tel mariage... Il est vrai
qu'elle est si étonnamment belle... Mais c'est

peut-être un grand malheur pour elle, au fond, pauvre enfant ! Le comte Guido...

Mme de Fonteilleux l'interrompit sèchement :

— On ne peut tout avoir. Une fille pauvre telle qu'Oriane aurait pu s'estimer fort satisfaite d'épouser un hobereau quelconque, un homme âgé, laid, peut-être désagréable, capable tout aussi bien de la rendre malheureuse. Alors, mieux vaux l'être avec un comte souverain fabuleusement riche, pourvu de tous les dons physiques et intellectuels. Elle l'aimera à la folie, son seigneur loup, trop heureuse, comme les autres, qu'il lui permette de l'adorer humblement.

— Oh ! Athénaïs, on le dit si dur, si méprisant, même pour les femmes qui lui plaisent ! Et songez à cette comtesse Moldau...

— Eh bien ! Oriane devra supporter ces petits ennuis avec autant de patience que l'ont fait, que le font encore aujourd'hui tant d'autres souveraines, de princesses et même de simples mortelles. Qui vous dit qu'elle ne les aurait pas connus en épousant le hobereau ? Quant à la nature du jeune comte, à cette dureté dont vous parlez, je crois que l'on exagère fortement à ce sujet. En tout cas, je vous prie de n'y faire aucune allusion devant Oriane.

— Que dit-elle, cette chère enfant ?

— Elle est abasourdie, et je pense qu'elle n'ose y croire encore. Mais naturellement, avec la réflexion, elle ne peut être que fière et heureuse.

— Oh ! pauvre petite ! Moi, je ne puis me

réjouir pour elle ! dit en soupirant Mme de Corlys.

En quittant sa compagne, Mme de Fonteilleux se fit conduire chez une chanoinesse dont elle connaissait l'empressement à répandre toutes les nouvelles et lui apprit le futur mariage de sa jeune cousine, bien certaine que ce soir même, et au plus tard le lendemain, le chapitre et la ville de Rupelsheim en seraient instruits. Pareillement, elle conta la nouvelle à Clarisse qui, tout aussitôt, alla trouver Claude.

— Eh bien ! en voilà un événement ! J'en tombe de haut !

— Quoi donc ? demanda le vieillard.

— Comment vous ne savez pas ?... Mlle Oriane ne vous a rien dt ?...

— Non ! Qu'y a-t-il ?

— Le comte Guido qui la demande en mariage !

— Le comte Guido ?... Mademoiselle ?...

— Mme la comtesse vient de me l'annoncer, comme une chose toute décidée. Les fiançailles auront lieu dans six jours...

— Ce n'est pas possible ! Vous avez mal compris !

— Pour sûr que non ! Mais comment Mlle Oriane ne vous a-t-elle rien appris ?...

— Ce serait donc pour cela qu'elle avait une figure toute blanche, une mine si tourmentée, et qu'elle est allée se mettre au lit en disant qu'elle avait la migraine !

— Ah ! la migraine... Il y a de quoi l'avoir, en effet ! Ça a dû lui donner un coup de surprise, à votre jolie demoiselle... car, enfin, le comte

Guido, ce n'est tout de même pas un prétendant à qui elle pouvait songer !

— Mais j'espère qu'elle va refuser ! D'après ce que vous m'avez dit, ce comte est un terrible homme et ma pauvre petite demoiselle Oriane ne peut pas l'épouser.

— Tout de même, Claude, il ne faut rien exagérer...

Mme de Fonteilleux avait défendu expressément à sa femme de chambre toute appréciation défavorable aux comtes de Faldensten. Clarisse était donc assez embarrassée, entre l'obéissance aux ordres de sa maîtresse et les craintes que lui inspirait cette union pour Mlle de Cormessan.

— ... Certainement que monseigneur Guido ne doit pas être un époux tendre et doux. Mais il peut avoir d'autres qualités sérieuses, comme le dit Mme la comtesse. Puis, Mlle Oriane est dans une situation bien difficile... Pensez donc, qu'est-ce qu'elle aurait fait, sans ce mariage ? Et le pauvre petit M. Aimery ? Tandis qu'elle sera une dame du plus haut rang — et comme elle est belle, bonne, charmante en toutes choses, son mari l'aimera, tout seigneur loup qu'il soit.

— Bonne et charmante, oui, mais fière, délicate et incapable de supporter passivement une autorité qui prétendrait l'abaisser, la tyranniser dans son cœur ou dans sa conscience. Or, Clarisse, vous avez bien laissé entendre naguère que le comte Guido était un maître redoutable...

— Je vous ai répété des racontars que l'on se chuchote. Mais j'ignore ce qu'il y a de vrai là-dedans...

— Et ses petites filles, qu'il éloigne de lui, dont il ne s'occupe pas ?

— Les filles comptent pour rien, chez les seigneurs comtes.

— C'est odieux ! Jamais Mlle Oriane n'admettrait cela... Et puis, ces choses que vous n'avez pas voulu nous dire, Clarisse ?

— Parce que ce sont encore des racontars, et tout ce qu'il y a de moins croyable !... Enfin, mon pauvre Claude, je ne prétends pas que ce mariage-là fera le bonheur de Mlle de Cormessan, mais, après tout, elle n'a guère le choix, voilà ! Et il se trouvera des tas de gens pour déclarer que c'est un mariage magnifique, une chance extraordinaire ; des quantités de femmes pourraient souhaiter être à sa place, car ce comte Guido leur tourne la boule à toutes, vous pouvez m'en croire !

VIII

Quand Oriane quitta sa chambre le lendemain, après une nuit d'insomnie, elle comprit que Claude savait en rencontrant son regard angoissé.

— Qui vous a dit, mon bon Claude ?... demanda-t-elle, la voix un peu brisée.

— Clarisse, mademoiselle ! Oh ! c'est donc bien vrai ? Et vous avez consenti ?...

Il regardait le visage altéré, les yeux las et soucieux.

— Pas encore. Mais... mais je crains de ne pouvoir refuser, Claude !

Elle lui expliqua les raisons données par Mme de Fonteilleux, dont il fallait bien reconnaître qu'elles étaient justes.

— Nous nous en irons d'ici, mademoiselle ! Je travaillerai de toutes mes forces, pour vous et M. Aimery.

Oriane eut un regard attendri pour le bon vieillard, bien affaibli depuis leur fuite de France.

— Je sais que vous ferez tout pour nous, Claude. Mais, hélas ! même en essayant de trouver quelque situation, à quoi arriverions-nous ? Et les comtes de Faldensten nous laisseraient-ils sortir de leurs domaines ? Mme de Fonteilleux assure — et je le crois aussi — qu'ils considéreraient un refus de ma part comme une injure impardonnable et qu'ils en prendraient une terrible revanche. A tout cela, j'ai pensé pendant la nuit, j'ai cherché une issue quelconque à cette situation... et je n'en ai pas trouvé.

— Mademoiselle, si vous avez peur... si vous craignez ce comte Guido, il ne faut pas...

— Si je le crains !

Un long frisson la parcourait.

— ... Oui, Claude, oui ! C'est un orgueilleux, ce doit être une âme dure et glacée. Il y a en lui quelque chose... un mystère qui m'effraye... Oh ! oui, j'ai peur !

— Alors, ne l'épousez pas, mademoiselle !

— Mais je crains d'y être obligée ! Comprenez bien, Claude, qu'Aimery et moi, nous sommes en son pouvoir !

— Que faire, mon Dieu ? Que faire ?

Le vieillard se tordait les mains.

— Je vais à l'église, prier, demander conseil. Ne dites rien encore à mon frère et prévenez Clarisse pour qu'elle ne lui parle pas non plus de cela.

Quelle supplication ardente, douloureuse s'échappa de l'âme d'Oriane quand elle fut dans la sombre et ancienne église où, à cette heure, était dite la messe du chapitre ! Et, de nouveau, elle subissait l'assaut des angoisses de la nuit précédente, à la pensée de devenir l'épouse de ce comte Guido, énigme redoutable.

Effroi, presque épouvante... et puis, quoi ? Quel nom donner à ce frémissement inconnu qui la bouleversait jusqu'au fond de l'âme ?

Après la messe, elle alla trouver un vieux prêtre qu'elle connaissait déjà. En l'écoutant, il eut d'abord un mouvement de vive surprise, puis une lueur de pitié dans le regard. Et il hésita longuement avant de répondre à l'interrogation exprimée par la voix tremblante de la jeune fille et par ses yeux anxieux :

— Mon Père, que dois-je faire ?

— Hélas ! ma pauvre enfant, quel difficile conseil vous me demandez là !... Refuser monseigneur Guido comme époux, ce serait attirer contre vous sa colère et celle de son père. Or, ce n'est pas là chose négligeable, je vous en réponds ! En la circonstance, ils jugeraient l'insulte digne de tous les châtiments.

— Mais alors, je ne suis donc plus libre ?

— Les seigneurs comtes ne regardent pas aux

abus de pouvoir. Et, moins que toute chose, la liberté d'une femme compte à leurs yeux.

— C'est cela qui est affreux, mon Père ! Et l'on dit ce comte Guido si dur, si orgueilleux... Il en a tellement l'air, d'ailleurs !

— Oui... oui, murmura le prêtre. Il vous effraye, mon enfant ?

— Je l'avoue !

— Mais si vous refusez, qu'adviendra-t-il de vous, de votre frère ?

— S'il n'y avait que moi !... Je risquerais tout pour essayer de leur échapper. Mais mon pauvre frère, si faible !

Le prêtre songea un moment, et sa voix était pleine de tristesse quand il reprit :

— Ce mariage me semble bien difficile, pour ne pas dire impossible à éviter. Peut-être y trouverez-vous quelques satisfactions... ne serait-ce que dans le devoir accompli avec une forte résignation et dans l'acquiescement aimable aux volontés de votre mari, dès qu'elles ne heurtent pas votre conscience.

— Mais si elles la heurtent ?

— Alors, la résistance sera dure... difficile. Le secours divin vous soutiendra, mon enfant. Toutefois, espérons que le comte Guido ne vous mettra pas dans cette alternative.

— C'est que je n'ai pas une nature à me soumettre passivement !... J'ai un cœur, j'ai une âme qui ne se laisseront pas anéantir.

Le prêtre eut un mouvement d'émotion, à la vue de ce regard fier, ardent, éclairé d'une si pure lumière.

— Ma pauvre enfant! Que vous dire, mon Dieu! Vous êtes dans une impasse...

— Sa première femme a été malheureuse?

— On ne sait!... Elle est morte après dix-huit mois de mariage.

— Il dédaigne ses petites filles...

— Cela est malheureusement habituel aux Faldensten. En outre, il paraît que ces enfants sont de frêle santé, ce qui n'est pas une recommandation auprès de leur père et de leur aïeul.

— C'est indigne! Et il faudrait devenir l'épouse de cet homme?

— Il peut se modifier, peut-être! Vous êtes intelligente, vous devez avoir du tact, de la délicatesse, votre cœur est droit et pur. Il n'est pas impossible que vous ayez quelque bonne influence...

Mais il existait peu de conviction dans le ton du vieillard.

Oriane secoua la tête, en frissonnant de nouveau.

— Sur lui? Oh! non, je ne me fais pas d'illusion là-dessus... Mon Père, si je me résigne à ce mariage, ce ne sera que pour Aimery.

— Pour vous aussi, mon enfant, car, hélas! je crains que toute résistance soit inutile. Quant à fuir, vous n'y gagneriez rien, que d'être arrêtée en route, ramenée ici pour accomplir la volonté de monseigneur Guido, qui vous ferait sentir rigoureusement sa colère.

De cela, Oriane était aussi persuadée que lui. Un filet l'enserrait, duquel il lui était impossible de s'échapper.

Comme elle quittait l'église, elle croisa une

chanoinesse qui lui fit un salut très empressé. En entrant chez sa cousine, elle fut avertie aussitôt que Mlle Vanier, la couturière française de la cour, se trouvait là pour prendre ses mesures. Ainsi, Mme de Fonteilleux avait dit vrai : les comtes de Faldensten n'attendaient pas de réponse et, dès maintenant, considéraient Mlle de Cormessan comme un être dont ils disposaient à leur gré.

Oriane en éprouva une très pénible impression, faite à la fois d'angoisse et de dignité blessée. Elle entra avec une physionomie altérée dans la chambre de la chanoinesse, où celle-ci se trouvait avec la couturière.

Mlle Clorinde Vanier, fuyant le Paris révolutionnaire où elle était suspectée de par sa clientèle aristocratique, avait échoué dans une petite ville d'Autriche. La comtesee Leonora, ayant entendu parler de son habileté, l'avait fait venir à Tholberg. Mais sa nature fantasque et sa prédilection pour les toilettes voyantes s'étaient vite lassées du goût délicat de la Française. Celle-ci, comme elle le confiait à Mme de Fonteilleux, comprenait qu'il lui faudrait bientôt chercher ailleurs le moyen de gagner sa vie.

— ... A moins que la nouvelle comtesse n'obtienne de me conserver, si elle a d'autres goûts que sa belle-mère.

Mlle Vanier parlait ainsi, au moment où entrait Oriane. Elle eut un léger sursaut, salua et attacha sur la jeune fille un regard de surprise admirative.

— Oh ! madame la comtesse, quel plaisir ce

sera d'habiller Mademoiselle ! dit-elle avec enthousiasme.

Mais Oriane resta insensible au compliment.
Elle se laissa prendre mesure comme aurait pu le
faire une statue et n'accorda qu'indifférence aux
renseignements donnés par Mlle Vanier sur
l'étoffe et la forme de sa robe de fiançailles,
toutes deux choisies par la comtesse Leonora.

La coututière, petite femme vive, adroite,
intelligente, aimait assez le bavardage. Elle en
était privée à Tholberg, où une partie du personnel ne comprenait pas le français et l'autre se
tenait sur une grande réserve, les seigneurs
comtes ayant coutume de châtier rigoureusement le moindre propos qui pût leur déplaire.
Mais elle ne tombait pas mieux chez la chanoinesse, car celle-ci la tenait à distance avec sa
morgue habituelle et la future comtesse de
Faldensten ne semblait pas du tout disposée à
s'entretenir avec sa compatriote des malheurs
qui leur étaient communs, en tant qu'émigrées.

Dans le regard de Mlle Clorinde, l'admiration
pour la beauté de la jeune Française était mêlée
d'une vive compassion, qui passa inaperçue pour
Oriane, trop absorbée dans son lourd tourment,
mais fit froncer les sourcils à Mme de Fonteilleux.

— Veillez sur vous, mademoiselle, dit-elle
sèchement quand sa jeune cousine eut quitté la
pièce. Vous aviez l'air de considérer Mlle de
Cormessan comme une victime promise pour
l'holocauste. Or, il ne convient pas que vous
écoutiez de sots racontars qui ont déjà coûté

cher à des personnes trop empressées à les
accueillir.

Mlle Clorinde balbutia qu'on ne lui avait rien
dit... qu'elle n'avait aucunement l'intention de
plaindre Mlle de Cormessan, honorée d'une
recherche si flatteuse. Et elle s'esquiva en songeant : « Décidément, j'ai une physionomie
trop expressive. Il faut que je me surveille, car
cela m'a déjà joué des tours et, avec ces terribles
comtes, il n'y a pas à plaisanter. Elle en saura
quelque chose la pauvre belle jeune fille ! »

Dans l'après-midi de ce même jour, l'abbesse
fit mander Mme de Fonteilleux et sa cousine. Un
mot du comte régnant l'avait informée, dans la
matinée, des proches fiançailles de Guido. Elle
reçut Oriane comme une future nièce, avec
bienveillance, mais sans l'élan affectueux que
contint à peine l'étiquette chez la comtesse
Hélène. Celle-ci, au cours de la visite, considéra
plus d'une fois avec une mélancolique pitié la
jeune fille qui restait froide, impassible en
apparence, mais dont le regard dénonçait par
moments l'angoisse, la perplexité douloureuse.
Quand l'abbesse fit allusion à la cérémonie des
fiançailles, elle la vit tressaillir, frissonner, baisser des cils tremblants sur les yeux tout à coup
pleins d'effroi. Et elle aussi frémit en priant :
« Ayez pitié d'elle, Seigneur ! »

IX

Toute la cour était réunie dans la grande galerie de porphyre pour attendre l'apparition des comtes et de leur famille, celle aussi de Mlle de Cormessan qu'amenait Mme de Fonteilleux pour la célébration des fiançailles. On s'entretenait à mi-voix, sans trop oser parler de l'événement qui avait cependant répandu la stupéfaction dans le monde des courtisans. Savait-on si l'expression toute innocente de cet étonnement cependant bien compréhensible, rapportée à l'un des comtes, ne serait pas prise pour un blâme ?

L'une des portes de glace donnant sur la galerie fut tout à coup ouverte à deux battants, le prince Meneschi apparut, précédant les deux comtes, la comtesse Leonora, l'abbesse, les comtesses Hélène et Ottilie, ainsi que leur suite. Au même instant, par une autre porte, étaient introduites Mme de Fonteilleux et Mlle de Cormessan.

Oriane, très pâle, s'avança près de la chanoinesse, du pas léger, glissant qui lui était habituel. Sa robe d'épaisse soie blanche était un chef-d'œuvre de simplicité raffinée. Elle faisait incomparablement valoir la parfaite harmonie des formes, la souveraine grâce de l'allure. Dans les cheveux poudrés, Mlle Clorinde avait glissé une étoile en améthyste, le seul bijou qui restât de ceux conservés par Mlle Elisabeth.

Mlle de Cormessan avait été instruite par

l'abbesse du cérémonial à suivre. Elle vint donc s'incliner devant le comte Tankred et sa femme pour leur baiser la main. Après quoi, se tournant vers le comte Guido, elle lui fit une profonde révérence et effleura de ses lèvres fiévreuses la main qu'il lui présentait.

Son cerveau vacillait, saisi de vertige, parmi cet entourage d'étrangers dont elle sentait sur elle les regards avidement curieux. Mais elle se dominait par un énergique effort, en songeant : « Il faut que je sois forte. Il le faut ! »

Le comte Guido prit sa main, l'éleva jusqu'à ses lèvres en s'inclinant légèrement. Cela fait, il prononça quelques mots de bienvenue, froids et protocolaires, comme ceux dont venait de se servir le comte régnant pour accueillir sa future belle-fille. Oriane entrevit l'éclair doré de ses prunelles et sentit glisser en elle un étrange émoi.

Sur le bras qu'il lui présentait, elle posa une main qui tremblait et tout le cortège se dirigea vers la chapelle, par une suite de salons décorés avec la somptuosité un peu écrasante qu'avaient généralement aimée les comtes de Faldensten.

La chapelle de Tholberg était fort ancienne, comme le prouvaient sa voûte romane, ses étroites fenêtres cintrées, ses lourds piliers trapus. La lumière du jour parvenait difficilement à travers les antiques vitraux foncés où le peintre avait retracé la destruction de Sodome et Gomorrhe, la mort d'Holopherne et autres épisodes bibliques choisis parmi les plus tragiques. Sans doute se conformait-il ainsi au goût des comtes de Faldensten qui avaient presque

toujours eu de la religion une conception toute
particulière, fort à leur avantage, car ils dédai-
gnaient d'accorder la moindre attention à ses
préceptes, mais savaient imposer durement
ceux-ci à leurs sujets et recherchaient volontiers,
dans l'Ecriture sainte, les textes qui, habilement
déformés par eux ou leurs créatures, paraissaient légitimer leur absolutisme et leurs vio-
lences.

Aujourd'hui, l'autel n'était qu'un ruissellement de lumières. Le comte Guido et Oriane
prirent place sur deux sièges préparés en avant
du chœur. Le premier chapelain s'avança pour
prononcer une courte allocution dont la jeune
fille n'entendit que quelques mots, tellement son
cerveau était en désarroi. Pendant ces six jours,
elle avait vécu dans la plus douloureuse incerti-
tude, dans un état de fiévreuse angoisse. Elle se
disait : « Je verrai le comte avant la cérémonie,
certainement, j'essaierai de lui parler. Car il faut
que je sache, d'abord, ce qu'il voudra faire pour
Aimery. Oui, avant de m'engager, il faut être
assurée que mon sacrifice profitera à mon
frère. » Mais elle n'avait pas vu Guido. Ce
n'était pas l'habitude que les comtes de Faldensten fissent leur cour à la femme choisie pour être
leur épouse. Oriane n'avait vu, chez l'abbesse,
que les comtesses Leonora et Ottilie, toutes
deux aimables pour elle, chacune à sa façon. Et
elle était arrivée à ce jour des fiançailles sans
avoir pu échanger un mot avec celui qui, dans
trois semaines, serait son mari.

Elle se sentait emportée par la force secrète
des événements, que conduisait une volonté

implacable, celle de cet homme près de qui elle
était en ce moment assise, ce comte Guido qui
portait avec tant d'altière élégance la tenue bleu
sombre de colonel des dragons de Faldensten.
Son habituelle énergie ne savait où se retenir,
dans le conflit des sentiments qui avait pour
théâtre son âme.

Le chapelain terminait son bref discours. Il
bénit l'anneau de fiançailles et, venant au jeune
comte, le lui présenta. La main d'Oriane se
raidit un peu dans celle qui la saisissait impérieusement, et la bague eut quelque peine à glisser le
long du doigt délicat. Guido jeta un rapide coup
d'œil sur le pâle visage frémissant, avant de se
pencher pour le baiser de fiançailles. Deux
beaux yeux sombres, où l'angoisse se mêlait à la
fierté un peu farouche, apparurent entre les cils
tremblants. Ce baiser protocolaire avait été à
l'avance, pour Oriane, la plus pénible épreuve
de cette cérémonie. Mais à peine sentit-elle, sur
sa bouche, l'effleurement des lèvres de Guido.
Celui-ci, se redressant aussitôt, lui présenta son
bras et ils quittèrent la chapelle avec le même
cortège qu'à l'entrée.

Dans une des salles, les fiancés reçurent
l'hommage de la cour. Oriane agissait comme en
un rêve. Sans doute possédait-elle, infus, les
dons nécessaires à sa nouvelle situation, car
Mme de Fonteilleux lui déclara par la suite
qu'elle avait fait tous les gestes et prononcé
toutes les paroles nécessaires en la circonstance.
Quant à elle, il ne lui resta qu'un souvenir
confus de ces moments, de la collation qui suivit,
du départ de Tholberg, accompagné du même

cérémonial qu'à l'arrivée. La seule impression
qui demeura fut la hantise de cette énigme à la
fois effrayante et fascinante que représentait
pour elle le regard de Guido, quand il se
rencontrait avec le sien.

Mais elle n'avait pu parler d'Aimery à son
futur époux, car pas un instant elle ne s'était
trouvée seule avec lui. A peine, même, lui avait-
il, à trois ou quatre reprises, adressé directement
la parole. Cette dédaigneuse froideur ne contribuait pas à encourager l'inquiète fiancée. Toutefois, à cause d'Aimery, elle dominait ses impressions en lui faisant le récit de la cérémonie où
Mme de Fonteilleux avait décidé qu'il ne pouvait
assister, vu son état de santé.

Le jeune garçon, après la première stupéfaction, avait accueilli avec anxiété cette nouvelle
qui lui semblait invraisemblable : sa sœur
demandée en mariage par le futur comte régnant
de Faldensten. Se souvenant des récits de Clarisse, il manifestait des craintes qui ne trouvaient
que trop d'écho chez Oriane. Mais son caractère
encore léger se laissait assez facilement persuader qu'une telle union avait de sérieux avantages
et, de toute façon, ne pouvait être refusée.

Aujourd'hui, quand sa sœur eut terminé le
récit de la cérémonie à Tholberg, il demanda :

— Quand le verrai-je, ce comte Guido ? Je
voudrais tant le connaître !

— Mme de Fonteilleux dit qu'elle demandera
l'autorisation de te présenter dès que tu seras un
peu mieux.

— J'espère que ce sera bientôt !... A-t-il été
aimable pour tout, chère Oriane ?

Elle essaya de sourire, en répondant :

— Je suppose que le mot « aimable » ne doit jamais s'appliquer à monseigneur Guido !

Aimery ouvrit des yeux surpris, un peu inquiets.

— Jamais ? Je pensais que pour sa fiancée... Mais alors, Oriane, si... s'il te rendait malheureuse !...

— Il ne faut pas toujours se fier aux apparences, mon petit Aimery. Certains, charmants d'abord, se révèlent par la suite pires que d'autres. Je me remets entre les mains de Dieu, car j'ignore ce qui m'attend dans ce mariage.

Mais elle songeait, le cœur étreint par une violente angoisse : « Pas du bonheur, en tout cas ! »

X

Ce furent d'étranges fiançailles ; du moins elles parurent telles à Oriane, non accoutumée aux traditions de la très haute et très puissante maison de Faldensten.

Le comte Guido, sans revoir Mlle de Cormessan, partit pour Vienne où il avait à régler avec le gouvernement impérial quelques affaires concernant l'Etat de Faldensten. Pendant cette absence, il ne donna signe de vie à Oriane que par l'envoi d'un bracelet, petit chef-d'œuvre d'orfèvrerie qui fit jeter des cris d'admiration à Mme de Fonteilleux. La jeune fille fut mandée deux fois à Tholberg, où la comtesse Leonora l'accueillit avec la même amabilité, où le comte Tankred daigna, pendant un instant, s'entretenir avec elle de Pierre-Vive et de sa fuite hors de France. Pendant ce temps aussi, les lingères et couturières s'occupèrent activement de son trousseau et de ses toilettes. Les comtes de Faldensten, assez généralement dédaigneux du faste pour leur personne, l'appréciaient fort chez leur entourage et dans leurs résidences. Oriane apprit, non sans surprise, que le comte Guido avait donné des indications péremptoires pour les ajustements de sa future épouse « voulant, avait-il déclaré, qu'ils fussent à son goût et non à celui des autres ». En tout cas, ce goût était parfait et il s'accordait avec celui d'Oriane. Mais là encore, dans ce domaine qui eût dû être particulièrement le sien, elle sentait déjà la volonté despotique du maître auquel, bientôt, elle appartiendrait.

Le vieux Claude cherchait à dissimuler son anxiété aux yeux perspicaces de sa jeune maîtresse. Il avait essayé de faire parler Clarisse au sujet du comte Guido. Mais la femme de chambre lui avait nettement déclaré :

— Si je savais quelque chose de certain, de précis, je vous l'apprendrais, à mes risques et périls. Or, il n'en est rien, et je n'ai pas envie de répéter ce qui n'est peut-être qu'invention pour risquer d'être enfermée à vie dans les affreux cachots de Golthen. Sa dureté, son orgueil, sa volonté que rien ne fait fléchir, oui, cela, on le sait, on le connaît... et c'est déjà suffisant sans que nous y ajoutions des faits peut-être chimériques.

— Oui, suffisants, pour me faire trembler à la pensée de ce mariage ! murmura le vieillard.

*
**

Le comte Guido apparut à Tholberg huit jours avant la cérémonie nuptiale. Mlle de Cormessan reçut l'invitation d'avoir à se rendre au château le surlendemain, ainsi que son frère, qui devait être présenté aux comtes.

En cet après-midi de mars tiède et ensoleillé, la comtesse Leonora, sa fille, leurs dames d'honneur et quelques personnes de la cour se tenaient dans un pavillon des jardins bâti un siècle auparavant dans le style mauresque. Il s'y trouvait de magnifiques divans orientaux sur lesquels Leonora aimait à reposer son corps fatigué, tandis que Freihild se pelotonnait comme un jeune félin parmi les somptueux coussins tissés d'or et de soie.

Mais, aujourd'hui, l'une ne voulait pas laisser voir sa lassitude, ni l'autre s'abandonner à sa nonchalance, car les comtes Tankred et Guido allaient venir. Le premier apparut presque aussitôt après l'arrivée de Mme de Fonteilleux et de ses deux jeunes parents. Le comte Guido se fit quelque peu attendre. Il se montra enfin, suivi du baron de Trenlau, son premier écuyer, et vêtu du simple habit de velours gris qu'il portait le jour où Oriane l'avait vu pour la première fois. Car, ainsi que son père, il dédaignait les ornements efféminés encore de mode dans la toilette masculine.

Aimery, déjà fort impressionné à la vue du comte Tankred, parut plus encore écrasé par la crainte respectueuse quand Oriane le présenta à son futur beau-frère. Guido le toisa d'un rapide coup d'œil ; puis, s'adressant à Mme de Fonteilleux, il dit avec un accent d'ironie mordante :

— Je crois, madame, que vous vous êtes permis une plaisanterie, le jour où vous avez sollicité d'admettre votre jeune cousin dans le régiment de Faldensten ?

Le visage de la chanoinesse devint pourpre, à cette interpellation.

— Monseigneur !... une plaisanterie ! Je supplie Votre Grâce Sérénissime de n'avoir point cette pensée ! Très réellement, je croyais qu'Aimery...

— Alors, c'est que vous êtes aveugle, ou bien affligée d'une déplorable faiblesse d'esprit !

Sur cette riposte, prononcée avec le même accent de dédaigneuse raillerie, le comte se tourna vers la fiancée :

— J'ai formé le projet de vous montrer aujourd'hui la ménagerie. Nous avons là, quelques spécimens intéressants de la faune asiatique, entre autres un jeune tigre que j'ai ramené des Indes.

Il n'y avait aucune apparence d'amabilité dans son accent, ni dans sa physionomie. C'était toujours le même homme, froid, hautain, avec son impénétrable et fascinant regard.

Sur un mot de lui, Ottilie, sa dame d'honneur et M. de Trenlau se joignirent aux fiancés.

Oriane, une rougeur d'émotion au visage, suivait sans peine le pas souple et vif de Guido. Elle
songeait : « Voilà une occasion pour m'informer, au sujet d'Aimery... » Mais il parlait de
son voyage aux Indes, de ses chasses à la bête
fauve. Il le faisait d'ailleurs de façon originale et
sobre et, en toute autre circonstance, Oriane
aurait trouvé à l'écouter grand intérêt.

La ménagerie comprenait un ensemble de
bâtiments où se trouvaient logés les animaux.
Une partie était réservée aux oiseaux et, particulièrement, aux rapaces représentés par de superbes échantillons.

— Venez voir mon tigre Siva, dit Guido.

Il l'emmena devant la cage du jeune fauve,
qui vint appuyer entre les grilles sa tête féroce en
regardant le comte avec un air de soumission.

— ... Je l'ai laissé en liberté jusqu'à ces
derniers temps, où il menaçait de devenir dangereux. Mais, moi, je continue à en faire ce que je
veux.

— Il est très beau, mais il a une mine cruelle.
Je crois, monseigneur, que vous ne devriez pas
vous y fier.

— Je ne m'y fie pas aveuglément, croyez-le...
Mais en qui, être humain ou animal, peut-on se
fier de cette façon-là ?

Dans l'accent de Guido, il y avait une intonation froidement sarcastique dont fut désagréa-
blement frappée Oriane. Elle riposta avec quelque vivacité :

— Heureusement, il en est parfois de ceux-là,
monseigneur ! Je ne dis pas qu'ils soient nombreux, mais il en existe, grâce au Ciel !

Elle levait sur lui son beau regard profond et grave, où passait un reproche attristé.

— Je n'en connais pas, dit-il sèchement.

Il fit quelques pas le long des cages. Oriane, voyant la comtesse Ottilie et les deux personnes de la suite demeurer à l'écart, réunit tout son courage pour profiter de l'occasion vainement attendue jusqu'alors.

— Voulez-vous me permettre, monseigneur, de vous adresser une demande ?

Sa voix tremblait un peu. Mais elle regardait bravement le jeune comte qui tournait vers elle son impassible visage.

— Certainement.

Telle fut la très laconique réponse.

— Je voudrais savoir quelles sont vos intentions, par rapport à mon frère ?

— Il vivra à Tholberg, sous la conduite d'un précepteur.

— Mais je pourrai continuer à m'occuper de lui ? Sa santé exige des ménagements et il a grand besoin de moi.

— Il faudra qu'il apprenne à s'en passer.

Oriane tressaillit, en devenant très pâle.

— Qu'il apprenne à se passer de moi ? répétat-elle d'une voix que l'émotion étouffait. Voulez-vous dire, monseigneur, que vous ne me permettez point de remplir mon devoir fraternel ?

— Je vous le permettrai jusqu'à un certain point.

Chacune de ces réponses étaient faites du même ton bref, impérieux.

— Pardonnez-moi d'insister... mais je voudrais être fixée sur ce point qui est pour moi de première importance.

Toute la courageuse résolution d'Oriane et aussi toute son angoisse, toute la crainte que lui inspirait cet énigmatique Guido se lisaient dans les yeux d'un si beau bleu sombre, levés sur le jeune comte.

— ... Ma tante, en mourant, m'a confié Aimery. Je dois veiller à la fois sur son âme et sur sa santé. C'est donc vous dire, monseigneur, que je ne pourrais accepter une situation qui m'écarterait de ce devoir.

Oui, vraiment, il fallait beaucoup de courage pour parler ainsi sous le regard éblouissant du seigneur loup !

— Cela signifie, je suppose, que vous renonceriez à devenir ma femme si je ne vous promettais ce que vous désirez, au sujet de votre frère ?

Dans l'accent de Guido, Oriane pouvait discerner une intonation ironique, mais rien de la colère appréhendée.

— Oui, monseigneur, répondit-elle résolument.

Les lèvres de Guido s'entrouvrirent en un de ces rapides sourires, plus ou moins nuancés de raillerie, qui lui étaient habituels.

— Vous êtes sincère. Je ne trouve à cela aucun déplaisir et vous engage à le demeurer toujours. Quant à votre frère, vous serez libre de le voir chaque jour et de le faire soigner comme vous l'entendrez.

— Je vous remercie ! dit-elle avec élan.

Puis elle baissa les paupières, saisie d'un

étrange émoi sous l'éclair jailli des yeux de Guido.

— Voulez-vous bien aussi autoriser Claude, notre vieux serviteur, à demeurer près d'Aimery ? demanda-t-elle timidement.

— J'autorise.

Sur cette brève réponse, le comte se dirigea vers l'endroit où se tenait sa sœur et Oriane le suivit, un peu tremblante encore de l'effort qu'elle avait dû faire sur elle-même et de ce court tête-à-tête avec son fiancé.

Ils revinrent tous deux vers le pavillon mauresque où les dames d'honneur servirent le thé. La jolie Freihild, tout en s'acquittant de cet office, glissait de fugitifs coups d'œil vers le comte Guido et la jeune fille assise près de lui. Mais le jeune seigneur comte ne faisait pas plus que précédemment de frais pour sa fiancée. Il s'entretenait de politique étrangère avec son père et les hommes présents, ou bien écoutait distraitement la conversation légère, brillante de la comtesse Leonora et de la très spirituelle princesse Tevish, une des dames de la cour qui, fort belle quelque vingt ans auparavant, avait été distinguée par la faveur du comte Tankred. Oui, plus qu'aucun de ses ancêtres, il tenait les femmes pour de très inférieures créatures, se disait Freihild avec un mélange de colère douloureuse et de joie mauvaise, selon qu'elle pensait à elle-même, traitée par lui avec tant d'humiliant dédain, ou à cette jeune Oriane qui allait connaître une si méprisante domination.

« Ah ! ah ! vous pleurerez plus d'une fois, belle Française ! » songeait la dame d'honneur

avec un regard de jalouse fureur vers la jeune
fille sérieuse et pensive dont la beauté n'avait
pas d'égale dans cette réunion. « Vous pleurerez
comme a pleuré avant vous Marie-Annunziata
de Bourbon-Parme, car vous l'aimerez, vous
aussi, et vous saurez ce qu'il en coûte d'aimer
Guido de Faldensten ! »

Oriane ne revit pas son fiancé avant la cérémonie nuptiale, qui fut célébrée à minuit, selon
la coutume, dans la chapelle Tholberg. Outre la
cour, un certain nombre de personnalités étrangères y assistaient, entre autres l'archiduc
Ludwig Karl, le fiancé d'Ottilie, qui représentait
l'empereur et avait offert au nom de celui-ci, à la
jeune épousée, un diadème de rubis et de
diamants. Ce fut un très fastueux mariage, pour
lequel chacun déploya toute sa magnificence. La
mariée parut idéalement belle, mais fort pâle,
dans sa robe de brocart blanc brodée de perles
fines, sous le voile de précieux points de Bruxel-
les retenu par des perles et des branches de
myrte. Il fut reconnu que monseigneur Guido et
elle formaient un couple admirable, et qu'elle
serait le plus ravissant ornement de la cour de
Faldensten. Quelques bonnes âmes soupiraient
tout bas en pensant : « Pauvre enfant ! Quel
sort ! » Mais la plupart jugèrent que cette jeune
Française obligée de fuir son pays, dénuée de
tout, ayant la charge d'un frère malade, rencontrait là une chance inestimable que lui enviaient
des femmes bien pourvues des dons de la
fortune et de la plus haute naissance.

Oriane prononça courageusement le mot qui la liait au comte Guido. Elle accomplit avec la grâce et la dignité innées chez elle toutes les formalités protocolaires, tous les gestes de sa nouvelle situation. Un souper, une courte réception suivirent la cérémonie religieuse. Dans la galerie de porphyre, les nouveaux époux reçurent l'hommage des courtisans. La comtesse Leonora, éblouissante dans une robe de velours violet brodée d'or, serra Oriane entre ses bras en l'appelant « ma chère fille ». Hélène et Ottilie l'embrassèrent avec une tendresse nuancée de compassion. Il lui fallut aussi subir le baiser de Mme de Fonteilleux, qui lui était devenue plus antipathique encore depuis qu'elle avait constaté sa platitude à l'égard des grands de ce monde, et sa profonde hypocrisie. Puis la baronne de Freswitz, nommée dame d'honneur près d'elle, l'emmena vers l'appartement où elle devait échanger sa robe nuptiale contre un costume de voyage. Une demi-heure plus tard, elle rejoignait dans une salle du rez-de-chaussée le comte Guido, dont l'habituel habit de velours avait remplacé la tenue militaire revêtue pour la cérémonie. Un instant après, tous deux montaient dans la berline qui allait les conduire au château de Palsheim, domaine appartenant à l'héritier des Faldensten.

DEUXIÈME PARTIE

I

Monseigneur Guido et la jeune comtesse revenaient aujourd'hui à Tholberg. La nouvelle en avait été apportée la veille au comte régnant, par un courrier qui avait en outre remis à Aimery un billet de sa sœur, comme il en recevait d'ailleurs tous les trois ou quatre jours depuis qu'Oriane se trouvait à Palsheim. Ce même courrier emportait la réponse du jeune garçon qui donnait à Oriane de ses nouvelles, parlait de son précepteur, M. Fienbach, très savant mais peu agréable, demandait quand il reverrait sa chère sœur qui lui manquait tant.

« Ici, je suis isolé. Tout est tellement à l'étiquette ! La comtesse Leonora m'a fait venir une fois chez elle et s'est montrée aimable, la comtesse Ottilie m'a très gentiment parlé de toi. Mais elles ne sont que des étrangères. Quand reviendras-tu, chère Oriane ?

« Bientôt, répondait Oriane. Mais Palsheim est une si belle résidence ! Si ce n'était toi, mon

Aimery, je voudrais y demeurer plus longuement encore ! »

Sans doute le comte Guido avait-il, lui aussi, du goût pour ce domaine, car parti pour quinze jours, il revenait au bout d'un mois seulement. Pendant ce temps, il n'avait donné signe de vie à Tholberg, selon son habitude, que par de courts billets adressés à son père.

— Je voudrais savoir si son caprice pour cette petite Française est toujours aussi vif ?

La comtesse Leonora prononçait rêveusement ces mots en regardant Freihild assise près d'elle, un livre à la main. Elles se trouvaient toutes deux dans ce salon du Pavillon d'argent qui faisait partie de l'appartement de la comtesse régnante et où avait été reçue Oriane le jour de sa présentation.

Freihild leva sur elle des yeux assombris, en répliquant avec une amère ironie :

— Que savez-vous si jamais il a été tel que vous le dites, madame ?

— Tu en es aussi persuadée que moi, Freihild ! Elle lui a plu de façon très soudaine et très forte. Il l'a montré, d'ailleurs. Que durera cette passion, voilà le point intéressant.

— Que nous importe ! dit la dame d'honneur avec un éclair farouche dans le regard.

Leonora eut un rire moqueur. En se soulevant sur le lit de repos, elle frappa sur l'épaule de la jeune femme.

— Que nous importe ? répéta-t-elle railleusement. A moi, non, en effet, sinon à titre de curiosité, puis aussi parce qu'il me plaira de voir cette belle Oriane passer par les souffrances et

les humiliations que j'ai connues... Mais à toi,
Freihild ! Tant que tu n'es pas remplacée comme
favorite en titre, il te reste l'espoir de voir
monseigneur Guido te rendre ses bonnes grâces.

Les yeux de la jeune femme devinrent plus
sombres encore tandis qu'elle répliquait sourdement :

— Je ne lui plais plus !

— Te l'a-t-il dit ?

— Non... mais je le sens.

— Bah ! ce sont peut-être des idées ! Puis, tu
peux lui plaire à nouveau, quand il délaissera
Oriane.

Freihild serra nerveusement les poings.

— Cette femme a trop de charme ! se dit-elle
âprement. Je la hais !

— Paix !... Paix, Freihild ! Modère ta nature
un peu... sauvage. Telle quelle, je crois cependant que cette nature-là a eu quelque attrait
pour monseigneur Guido. Il se lassera peut-être
très vite, vois-tu, de cette sage et calme Oriane.

— Calme ? Est-elle aussi calme que cela ? dit
Freihild avec un sourire sceptique. Elle est peut-
être une eau qui dort... une belle eau qu' « il »
aura le plaisir d'éveiller.

Sa bouche se tordit en un rictus de colère. La
comtesse Leonora rit de nouveau, en donnant
une petite tape sur la joue ambrée.

— Jalouse ! Jalouse ! Tu te montes la tête,
parce qu'il a prolongé son séjour à Palsheim, qui
est une résidence autrement agréable que celle-
ci...

Freihild secoua la tête, sans mot dire. La

comtesse, en se laissant retomber sur ses coussins, fit observer avec un ton de regret :

— Il est bien désagréable que monseigneur Tankred ait nommé près d'elle cette Freswitz, qui est une femme discrète entre toutes.

— C'est monseigneur Guido qui l'a désignée. Sa Grâce tient à la discrétion et au silence, chez ceux qui l'entourent.

— Oui, murmura la comtesse Leonora en fermant les yeux avec lassitude.

Presque aussitôt apparut le chambellan venant annoncer que Monseigneur Guido et la comtesse Oriane arrivaient.

Leonora et sa dame d'honneur gagnèrent la salle que l'on dénommait salle des Chevaliers, en raison des scènes de chevalerie représentées sur les tapisseries qui la décoraient. Ottilie était déjà là. Le comte régnant parut presque aussitôt, juste au moment où entraient Guido et Oriane.

Il n'y avait jamais eu, entre le père et le fils, de témoignages extérieurs d'affection. Mais Guido montrait une déférence filiale jamais démentie, et le comte Tankred laissait assez voir son idolâtrie paternelle pour que nul ne l'ignorât. En cette occasion encore, elle se montra aux yeux de tous dans la façon dont il accueillit Guido. Mais à peine eut-il un mot bref de bienvenue à l'adresse de sa belle-fille.

C'était la coutume chez les Faldensten. Oriane, du reste, n'en parut pas surprise ni blessée. Elle avait baisé la main de son beau-père, celle de sa belle-mère, embrassé Ottilie et répondu gracieusement au salut des quelques

autres personnes présentes. Maintenant, elle se
tenait près de son mari, infiniment élégante dans
une robe d'épais taffetas gris, les joues rosées,
les yeux comme éclairés d'une chaude lumière
dans l'ombre des cils demi baissés. En ces
quelques semaines, sa beauté semblait accrue,
épanouie. Ce fut l'impression de tous, à cette
première vision.

— Tu nous as fait attendre ton retour, Guido,
dit le comte Tankred, sur un ton de reproche
amical.

— Il est vrai, mon père. Mais Palsheim est
fort agréable en cette saison. J'avais, d'ailleurs,
quelques arrangements à y faire exécuter...
Nous allons maintenant, si vous le permettez,
gagner notre appartement afin de ne pas faire
attendre le souper.

Guido et sa femme quittèrent la salle, précé-
dés par un chambellan. A cette réception ne se
trouvait pas Aimery. Le jeune garçon n'avait
pas reçu l'invitation d'y assister.

« Tout comme si la nouvelle comtesse n'était
pas ma sœur, ma chère sœur Oriane ! » disait-il,
avec colère, au vieux Claude.

Ce n'était pas, d'ailleurs, la première humiliation, le premier froissement qu'éprouvait
Aimery depuis son entrée à Tholberg. Il n'en
avait dit mot à Oriane, dans ses lettres, pour ne
pas la peiner, car il jugeait qu'elle devait être
suffisamment malheureuse sous le joug du
comte Guido. Mais il avait le cœur fort gros. En
outre, son précepteur, pédant et sec, lui déplaisait beaucoup. Puis encore, le logement qu'on
lui avait assigné, situé dans une des parties

anciennes du château, était sombre, humide et triste. Il donnait sur un vieux parterre négligé, mélancolique, où le jeune garçon devait faire sa promenade quotidienne, car la forêt était trop éloignée pour ses faibles jambes et l'on n'avait point mis de voiture à sa disposition, non plus qu'on ne lui avait donné l'autorisation de se promener dans les autres jardins de Tholberg.

Il était donc assis dans une triste salle aux vieux meubles sévères, en cette fin de journée qui voyait le retour d'Oriane. Claude essayait de l'encourager, de remonter un moral fort bas. Mais en secouant la tête, Aimery disait :

— Je suis sûr que je ne la verrai presque jamais, ma pauvre Oriane ! « Il » ne le lui permettra pas. Il doit être si mauvais et si despotique !... Et elle a consenti à ce mariage surtout pour moi, je l'ai bien compris !

A ce moment, on frappa à la porte de l'appartement. Un page du comte Guido venait informer M. de Cormessan que la comtesse Oriane l'attendait.

En contenant une exclamation de joie, Aimery se leva vivement. Il suivit le messager qui le guidait dans le dédale de cette seigneuriale demeure où des non-initiés se fussent complètement égarés. Les nouveaux époux habitaient un corps de bâtiment datant du xvie siècle, que l'on dénommait le petit palais ; des artistes d'Italie y avaient travaillé, réalisant une œuvre de parfaite élégance tant au-dehors qu'à l'intérieur. Guido y habitait déjà avant son mariage et rien n'avait été changé pour accueillir la nouvelle comtesse.

Aimery fut introduit dans une pièce tendue de

soieries vénitiennes, qu'éclairait un lustre ancien suspendu au plafond à caissons peints et dorés. Il n'eut pas le temps de jeter un regard sur les meubles précieux, sur les marbres, les ivoires, les somptueux émaux. Une porte s'ouvrit. Oriane entra, les mains tendues vers lui.

— Mon cher petit Aimery !

— Mon Oriane chérie !

Elle le tenait entre ses bras, baisait le pâle visage creusé qu'elle considérait aussitôt avec inquiétude.

— Es-tu plus fatigué ? Tu as plus mauvaise mine qu'à mon départ !

— C'est que je m'ennuyais tant !... Je... Ah ! Oriane.

Des sanglots gonflaient la gorge du jeune garçon qui cachait son visage contre l'épaule d'Oriane.

— A ce point, mon pauvre petit ? Tu ne me le disais pas !

— Non ! Je ne voulais pas augmenter les soucis que tu pouvais avoir... Ah ! si « on » ne te permet pas de me voir souvent, je crois que je ne pourrai supporter cette existence.

— Mais je te verrai quand je voudrai, mon chéri ! Ne te tourmente pas à ce sujet ! Ne te tourmente de rien...

Aimery, frappé du ton de la jeune femme, leva sur elle des yeux surpris. Il vit des lèvres souriantes, un regard tendre et gai. C'était l'Oriane d'autrefois, l'Oriane de Pierre-Vive, au temps où ils vivaient tous deux paisiblement près de Mlle Elisabeth.

— Il... le comte Guido te le permettra, bien
sûr ?

— Mais tu sais bien qu'il me l'avait promis
avant notre mariage !

— Oui, mais je craignais que, malgré tout...
Il me semblait que tu n'étais pas très sûre, que tu
étais inquiète.

Oriane baissa légèrement ses paupières. Elle
avait en ce moment, plus que jamais, cette
expression mystérieuse qui intriguait Mlle Elisabeth. Le sourire se fit plus doux encore sur les
lèvres d'un rose délicat. Une main très blanche
où étincelaient deux bagues admirables caressa
lentement les cheveux blonds d'Aimery. Un
discret et suave parfum enveloppa le jeune
garçon qui remarquait la rare élégance de la
robe de taffetas lilas garnie de points de Bruxel-
les, les perles d'un incomparable orient dont
était entouré le cou souple et fin. Cette jeune
femme ainsi parée lui apparaissait comme une
autre Oriane, d'une beauté qui l'éblouissait.

— Oh ! chère sœur, que tu es belle ! mur-
mura-t-il en prenant sa main pour y mettre un
baiser.

Elle dit avec une affectueuse douceur :

— Va, maintenant, mon petit Aimery. Je ne
puis m'attarder, car l'heure du souper va sonner.
Mais demain matin, j'irai te voir, ainsi que notre
bon Claude, et nous causerons un peu.

A ce moment, une porte fut ouverte, livrant
passage au comte Guido.

— Ah ! voilà ton frère, Oriane ?

La voix était brève, mais on n'y discernait
aucune contrariété.

— ... Tu l'as trouvé en bon état, j'espère ?

— Non, il a mauvaise mine, il a encore maigri. Je ne suis pas satisfaite de lui.

Tout en parlant, Oriane poussait doucement Aimery vers son mari.

Avec un petit tremblement intérieur, le jeune garçon s'inclina profondément et baisa la main que lui présentait le comte.

— Il faudra que Frunck le soigne sérieusement. Je lui parlerai à ce sujet... Viens, maintenant, Oriane.

Un geste congédiait Aimery. Oriane se pencha pour mettre un baiser sur son front.

— Bonsoir, cher frère. A demain !

Et Aimery se retira, emportant la vision d'une Oriane au gai sourire, belle comme une princesse de rêve, près du seigneur loup qui, sans doute, n'avait pas encore montré pour elle ses terribles dents.

II

Le comte Guido avait établi son existence sur le pied d'une certaine indépendance, qu'il savait accorder avec ses obligations de futur souverain, de délégué du comte régnant, lequel, depuis l'atteinte portée à sa santé, se déchargeait sur lui d'une partie de ses pouvoirs. Dans le petit palais, la jeune comtesse et lui avaient leur train de vie personnel, leur domesticité qui ne se mêlait pas avec d'autres. Ils dînaient dans leur

appartement, mais le soir se joignaient au comte
Tankred, à sa femme, à Ottilie et à leur suite,
dans l'immense salle aux voûtes ogivales où,
avec un certain apparat, était servi le souper.
Oriane paraissait aux réceptions de la cour,
petites ou grandes, mais dès les premières invita-
tions que lui fit sa belle-mère de venir travailler,
causer, faire de la musique près d'elle, sa
réponse fut aussitôt :

— Je vous remercie, madame, mais je n'y suis
pas autorisée par monseigneur Guido.

La comtesse Leonora était trop accoutumée
aux despotiques fantaisies, aux tyranniques décisions des comtes de Faldensten, père et fils,
pour s'étonner de celle-là. Et elle s'en réjouit, à
la pensée qu'Oriane connaîtrait un morne ennui,
en la seule compagnie de sa dame d'honneur qui
ne passait pas pour une personne récréative.

— Elle a aussi celle de son frère, disait
Freihild !

— Oui, mais elle ne doit pas être beaucoup
plus intéressante. Ce jeune garçon paraît vraiment très atteint dans sa santé. Frunck prétend
cependant qu'il peut guérir par l'effet du temps
et des soins.

Avec un sourire mauvais, Freihild ripostait :

— Monseigneur Guido dédaigne ce qui est
faible, malade. La comtesse Oriane en fera
l'expérience, avec son frère.

Ce mois d'avril était maussade et pluvieux.
Mais les deux comtes n'en continuaient pas
moins leurs habituelles chevauchées. Toutefois,
la santé du comte Tankred ne lui permettait plus
les longues promenades à travers le pays rude,

accidenté, d'un pittoresque sauvage, qui entourait Tholberg. Aussi, maintenant, était-il rare
qu'il sortît en compagnie de son fils. Mais bien
que les médecins lui eussent conseillé de ne plus
monter à cheval, il n'en persistait pas moins à
faire sa promenade pendant une heure chaque
matin dans la forêt. « Mieux vaudrait me
demander de renoncer dès maintenant à la
vie », déclarait-il.

Freihild, alors qu'elle était en faveur près du
comte Guido, avait été parfois invitée à l'accompagner dans sa promenade matinale. Elle pouvait d'ailleurs compter sans peine combien de
fois cette grâce lui avait été accordée, et se
souvenait de quelle terrible courbature elle
l'avait toujours payée, le jeune comte se plaisant
à la mener dans les pires chemins de la forêt,
dans les routes ravinées des hauteurs, ou bien
mettant son cheval à un train endiablé que
devait suivre tant bien que mal celui de Freihild.
Elle voyait ensuite sur sa physionomie la satisfaction railleuse d'avoir mis à bas cette faiblesse
féminine qu'il méprisait — elle le savait — de
toute sa vigueur de mâle orgueilleux.

Mais c'était fini maintenant, pour elle, d'être
la victime — si heureuse malgré tout ! — de ces
jeux de prince. Une autre devait les connaître.
Car la comtesse Oriane montait à cheval avec
son mari. Celui-ci, un jour, l'avait dit incidem-
ment, au cours du souper, ajoutant qu'elle avait
pratiqué l'équitation depuis l'enfance et ne craignait pas les montures un peu difficiles. Cependant personne, à Tholberg, ne les avait encore
rencontrés, jusqu'à un matin de fin avril où la

comtesse Leonora et Freihild, en revenant d'une
promenade en voiture, furent rejointes par eux
sur une route de la forêt.

Ils saluèrent la comtesse, échangèrent quelques mots avec elle. Puis ils prirent les devants.
Les deux femmes les suivaient des yeux. Leonora murmura, avec un accent de colère
jalouse :

— Elle monte admirablement, cette
Oriane !... Et as-tu vu, Freihild, comme ce
costume de velours vert donne de l'éclat à son
teint ?

— Oui, dit sourdement la comtesse Moldau.

Oui, oui, elle avait vu !... Elle avait vu ce teint
rosé, délicat, vraiment sans rival, ces yeux
auxquels la longue course au grand air semblait
avoir donné un éclat éblouissant, cette taille
d'une harmonieuse finesse dans la robe de
velours vert. Cette jeune femme était trop belle,
trop insolemment belle ! Et Freihild avait tres-
sailli de furieuse jalousie en la voyant près du
comte Guido — du beau seigneur loup qui
n'avait même pas eu un regard pour elle, dont
l'âme lui appartenait.

— Je me demande s'il sort souvent avec elle ?
dit à mi-voix la comtesse Leonora dont le regard
sombre continuait de suivre le cavalier et sa
compagne. C'est une chose difficile à savoir. Le
petit palais est trop indépendant des autres logis
de Tholberg pour qu'on puisse connaître ce qui
s'y passe.

— Et il serait trop difficile de le chercher.

— Oui... oui, malheureusement !

Pendant quelques minutes, les deux femmes

restèrent silencieuses. Guido et Oriane avaient
maintenant disparu. La comtesse Leonora, tout
à coup, demanda en baissant de nouveau la voix,
instinctivement :

— Freihild, ne trouves-tu pas qu'elle donne
l'impression d'une femme heureuse ?

La dame d'honneur serra un peu les lèvres
avant de répondre avec une sourde ironie :

— Pourquoi ne serait-elle pas heureuse ? Elle
doit l'être, si elle est amoureuse. Et pouvons-
nous douter qu'elle le soit ?... Moi aussi, je me
trouvais au comble du bonheur, en dépit des
duretés, des humiliations dont il m'accablait.
Ah ! qu'il veuille bien me rendre ces chaînes,
qu'il les fasse plus lourdes encore... qu'il m'en
écrase, c'est mon plus cher, mon seul désir !

La comtesse Leonora tressaillit aux accents
passionnés de cette voix assourdie.

— Ah, chère, comme tu l'aimes ! Je ne pense
pas qu'Oriane puisse jamais l'aimer ainsi !

Une lueur passa dans les yeux sombres de
Freihild.

— La comtesse Oriane est un mystère,
madame.

— Oui... peut-être.

— Et les hommes aiment le mystère, chez la
femme.

— Tu crois que monseigneur Guido ?...

— J'ignore sa véritable nature. Cela, je vous
l'ai déjà dit, madame. Pas un seul instant je n'ai
pu la pénétrer. Il reste pour moi une énigme.

— Alors, voilà deux énigmes ensemble ! dit la
comtesse avec un rire forcé. En vérité, c'est
beaucoup !

De nouveau, toutes deux gardèrent le silence. Mais cette matinée était celle des rencontres. Comme la voiture de la comtesse atteignait le château, elle en croisa une autre où se trouvaient Aimery de Cormessan et son précepteur. Leonora fit arrêter pour s'informer gracieusement de la santé du jeune garçon.

— Je me sens mieux depuis quelque temps, répondit-il. Les promenades en voiture que je fais, dès que le temps est meilleur, me sont certainement très favorables.

— C'est le docteur Frunck qui vous les a conseillées ?

— Non, c'est ma sœur qui lui en a parlé. Il a déclaré que je n'y pouvais trouver qu'un grand bien.

— Et monseigneur Guido a permis ?...

— Mais oui. Il a donné l'ordre qu'une voiture fût à ma disposition. Et, dès que je serai mieux portant, j'aurai un cheval pour parcourir cette belle forêt.

— Quel aimable beau-frère... Vous voyez assez souvent Oriane ?

— Tous les jours. Et maintenant, je suis logé très près d'elle.

— Comment cela ?

— Oui, monseigneur Guido m'a fait quitter le logis où j'étais d'abord parce qu'il manquait d'air et de lumière. J'ai un appartement tout près du petit palais. C'est beaucoup plus agréable.

— En effet. Et Oriane est heureuse de tout cela, naturellement ?

— Oh ! oui.

— Allons, tant mieux ! Que cela continue, surtout ! Au revoir, monsieur de Cormessan. Venez donc passer un moment chez moi, l'un de ces après-midi. Aujourd'hui, par exemple.

— Je vous remercie beaucoup, madame, mais Oriane m'a dit que monseigneur Guido m'interdisait d'accepter aucune invitation sans y être autorisé par lui.

— En ce cas... Il n'y a pas à insister, du moment où le comte Guido a parlé...

D'un aimable geste de la main, la comtesse répondit au salut d'Aimery. Quand sa voiture se fut remise en marche, elle se tourna vers la dame d'honneur :

— Eh bien ! Freihild, on a, me semble-t-il, un grand souci d'être agréable à cette belle Oriane ?

La comtesse Moldau riposta, d'une voix qui tremblait de colère contenue :

— Oui... beaucoup trop. Ce n'est pas dans ses habitudes, même avec les femmes qu'il honore de ses faveurs.

— D'où il nous faut conclure que cette jeune Oriane plaît beaucoup plus qu'aucune autre jusqu'ici... et aussi qu'elle doit être adroite, infiniment adroite, qu'elle a su le prendre par quelque point faible...

— Oh ! le point faible de monseigneur Guido ! dit Freihild avec une sorte de rire sourd et sarcastique, je doute qu'il existe ! J'aurais cru, en tout cas, que son immense orgueil, sa volonté si dure et son mépris des influences féminines rendraient toujours vaines les tentatives pour obtenir de lui quelques complaisances.

— Ce qui prouve, je te le répète, que la jeune

personne est habile... dangereusement habile.
Tu avais raison, je le crains, Freihild, en la
comparant un jour à l'eau qui dort. Mais avec un
homme de ce caractère, elle connaîtra quand
même de durs moments, et le dédain, le délais-
sement.

— Je l'espère bien ! dit la comtesse Moldau
entre ses dents serrées.

III

Dans la partie la plus ancienne du château de
Tholberg, dénommée pour ce motif le vieux
château, se trouvait un grand corps de logis bâti
au bord d'un roc abrupt. Il datait du XIe siècle et
avait remplacé un logis beaucoup plus antique,
repaire de seigneurs loups audacieux et terribles
qui régnaient déjà sur la contrée en maîtres
redoutés. Un donjon énorme, menaçant, presque sinistre sous sa patine sombre, s'élevait tout
contre lui, le dominant, l'écrasant.

La tradition rapportait qu'au-dessus du vieux
château existaient des cryptes, de profonds sou-
terrains, des passages secrets datant de mille ans
et plus. Un renom de terreur s'attachait à cet
ancien Tholberg où, prétendait-on, revenaient
les âmes des victimes immolées par le bon
plaisir, la vengeance ou l'implacable justice des
comtes de Faldensten. Car le donjon était une
prison et sa crypte renfermait la salle de tortu-
res. Dans une cour voisine on dressait l'échafaud

ou le gibet, selon les cas. De lugubres histoires
étaient chuchotées en tremblant, dans le pays.
Au cours des siècles, il y avait eu de bien
mystérieuses disparitions. Et l'on parlait encore
en frissonnant d'effroi des plus récentes, celle
d'Eberhard de Halden et de sa fille Jutta,
notamment, survenue dix années auparavant.

Or, c'était dans cette partie de Tholberg, dans
le grand corps de logis dont les murs indestructi-
bles défiaient les siècles, qu'habitaient les petites
comtesses Madalena et Agnele, filles du comte
Guido, avec leur gouvernante Benvenuta,
ancienne femme de chambre de la défunte
comtesse Maria-Annunziata.

Elles habitaient là trois pièces, trop grandes,
mal éclairées par des ouvertures étroites et haut
placées. Sur les dalles, point de tapis. Pour
meubles, de lourds bahuts anciens, des armoires
profondes aux sombres vantaux sculptés, des lits
monumentaux dressés sur estrade, entre des
colonnes de chêne. L'hiver, elles grelottaient
dans ces salles immenses, en dépit des feux
allumés dans les énormes cheminées ; l'été, la
très grande fraîcheur enrhumait sans cesse
Madalena, la plus délicate des deux sœurs.

Ce même jour d'avril où la comtesse Leonora
avait rencontré son fils et Oriane, les enfants
jouaient dans leur chambre sous la surveillance
de Benvenuta, quand une porte fut ouverte par
le valet attaché au service des petites comtesses.
Il annonça :

— Sa Grâce la comtesse Oriane.

Benvenuta sursauta et se leva vivement.
Petite, maigre, très brune, elle avait de beaux

yeux sombres dans un visage flétri, ridé, de femme vieillie avant l'âge. Ils témoignaient, en ce moment, d'une stupéfaction mêlée de colère contenue en s'attachant sur la jeune femme qui paraissait au seuil de la chambre.

— Je viens faire connaissance avec mes petites belles-filles, signora, dit Oriane.

Elle employait la langue italienne, que lui avait appris Mlle Elisabeth qui la possédait parfaitement.

Benvenuta fit une sèche révérence, sans répondre. Les enfants, assises près de la cheminée où brûlaient de grosses bûches, levaient sur l'étrangère des yeux étonnés et admirateurs. Oriane alla vers elles, les mains tendues.

— Venez que je vous embrasse, chères petites.

Elles tournèrent vers Benvenuta un regard interrogateur. Sur un signe de la gouvernante, elles se levèrent. Madalena vacillait sur ses jambes trop faibles. Oriane la prit entre ses bras, baisa le visage menu où l'on ne distinguait tout d'abord que les yeux bruns trop grands pour cette petite figure.

— Qui est celle-ci ? demanda-t-elle à Benvenuta.

— La comtesse Madalena, madame.

Quand Oriane eut embrassé Agnele, elle s'assit et prit sur ses genoux Madalena qui la regardait avec une timidité un peu sauvage. D'une main douce, elle attira contre elle l'autre enfant, petite blonde dont les yeux bleus considéraient avec admiration la belle dame vêtue de velours gris garni d'hermine.

— Comment se portent-elles ? demanda la jeune femme à Benvenuta, demeurée debout dans une attitude respectueuse, mais dont le regard restait méfiant et hostile.

— Pas bien, madame... surtout la comtesse Madalena.

Oriane passa une main caressante sur les courtes boucles de l'enfant, d'un beau brun fauve.

— Vous la faites soigner, cependant ? Le médecin la voit ?

— Oui, madame. Mais à quoi cela sert-il ? Il faudrait...

Voyant qu'elle s'interrompait, hésitante, Oriane répéta :

— Il faudrait ?

— Du jour, de la lumière, du bon air. Mais ici...

Le regard d'Oriane fit le tour de la pièce et s'attrista, s'assombrit.

— C'est... monseigneur Guido qui a donné l'ordre de les loger ici ?...

— Monseigneur Guido ou monseigneur Tankred, je ne sais ! Mais c'est la même chose. Votre Grâce ne l'ignore pas.

— Non, ce n'est pas la même chose ! dit Oriane avec un éclair dans le regard.

Elle serra contre elle le corps frêle de Madalena et caressa la joue d'Agnele.

— Cela changera, mes petites filles. Vous n'avez plus votre maman, mais du ciel où elle est, c'est moi qu'elle charge de vous protéger, de vous aimer.

— Maman ? La voilà, dit Agnele.

Elle tendait le doigt vers un portrait attaché au mur. Il représentait une jolie femme blonde en grand habit de cour. Cette jeune personne avait une physionomie altière et son regard, un peu dédaigneux, semblait s'attacher sur Oriane, qui eut un frisson de malaise.

— La princesse Maria-Annunziata de Bourbon, dit Benvenuta en appuyant sur les mots, avec un accent de respect profond

— Pauvre femme ! murmura Oriane.

Benvenuta lui jeta un coup d'œil où l'amertume se mélangeait avec une sorte de colère.

— Oui, elle fut malheureuse, madame !... Elle fut bien malheureuse ! dit-elle d'une voix sourde. Et ses filles le seront aussi. Telle est la destinée des femmes, ici.

Dans le regard qui rencontrait Oriane, celle-ci lut sans peine la pensée de Benvenuta : « Vous aussi, vous serez comme les autres. » Et elle comprit que cette femme s'en réjouissait.

Un sourire un peu ironique détendit les lèvres de la jeune comtesse. En baisant le front que Madalena appuyait contre son épaule, elle dit à mi-voix :

— Nous verrons à la faire changer pour vous, cette destinée, mes petites filles.

Puis elle mit l'enfant à terre et se leva. D'un sac de satin blanc pendu à son poignet, elle sortit deux boîtes élégantes qu'elle mit entre les mains de Madalena et d'Agnele.

— Voilà des bonbons pour vous, mes mignonnes... en attendant bien d'autres choses qui vous feront plaisir.

Sa main caressa encore la joue d'Agnele, celle

de Madalena. A cette dernière, elle dit avec un sourire :

— Vous avez les yeux de votre père, enfant, et la même nuance de cheveux.

Pendant un moment, elle considéra pensivement la toute petite fille, menue, frêle dans sa robe de gros lainage brun. Puis elle lui sourit encore et sortit, après un léger signe de tête à Benvenuta, qui faisait la révérence.

— Ah ! bien voilà une visite à laquelle je ne m'attendais guère ! murmura l'Italienne. Qu'est-ce qui lui a pris, à cette belle dame, de venir voir mes petites filles ?... Et comment monseigneur Guido l'a-t-il permis, lui qui ne daigne même pas se souvenir de leur existence ?

Agnele, à ce moment, éleva la voix :

— Oh ! Benvenuta, qu'elle est jolie, cette dame ! Et comme sa robe est belle ! Qui est-elle, dites ?

— C'est la seconde femme de monseigneur Guido. La première était votre maman.

— Est-ce que maman avait de belles robes comme cela ?

— Bien sûr ! Elle était une très grande princesse, de bien plus noble famille que celle-ci.

— Elle s'arrêta, puis reprit, songeuse. On comprend, dès qu'on la voit, que monseigneur Guido la trouve à son goût. Mais, à mon avis, elle n'était pas d'assez haut lignage pour qu'il en fît son épouse... Enfin, ces comtes de Faldensten n'ont pas les idées de tout le monde ! conclut l'Italienne très bas, comme si elle craignait que les murailles elles-mêmes l'entendissent.

Oriane, en quittant ses petites belles-filles,

s'engageait de nouveau dans les couloirs, les galeries, véritable dédale qu'il lui avait fallu suivre pour arriver à son but. Un imposant laquais à la livrée comtale, appartenant au service particulier du comte Guido, lui avait servi de guide et, maintenant encore, lui indiquait le chemin. Quand ils furent hors du vieux château, elle lui dit :

— Conduisez-moi chez la comtesse Ottilie, Albrecht.

C'était la première fois qu'Oriane rendait visite à sa belle-sœur. Elle aurait dû, pour obéir à l'étiquette, être accompagnée de sa dame d'honneur. Car les rapports entre parents, chez les Faldensten, étaient réglés par un strict protocole. Aussi Ottilie montra-t-elle quelque surprise et, plus encore qu'elle, Mlle de Hadstein, sa demoiselle d'honneur, d'une telle dérogation au cérémonial. Mais Oriane n'en fut pas moins accueillie aimablement par sa belle-sœur ! Elles ne s'étaient vues jusqu'alors qu'au souper, chaque soir, et dans les réunions de cour. A peine échangeaient-elles quelques paroles, Ottilie gardait une attitude effacée, Oriane se tenait sur la réserve, observant, écoutant surtout, dans cette cour où elle était encore si nouvelle venue. Elles causèrent un peu cet après-midi-là, non comme elles l'auraient voulu toutefois, à cause de la demoiselle d'honneur. Mais Oriane put se rendre compte qu'Ottilie avait une intelligence fine, malheureusement trop peu cultivée, comme il était d'usage chez les filles de la maison de Faldensten.

— Vous serait-il agréable que je vous prête quelques livres ? demanda Oriane, comme la

jeune fille exprimait son regret de ne pas connaître un auteur dont lui parlait sa belle-sœur.

— Oh! certes! Mais cela ne plairait pas à
monseigneur Guido.

— Pourquoi donc? Je le lui demanderai et,
bien certainement, il n'y verra pas d'inconvénient.

— Je n'en suis pas si sûre. Ne savez-vous pas
qu'il juge qu'un cerveau féminin ne vaut pas la
peine d'être cultivé?

De l'amertume se mêlait à la résignation dans
l'accent d'Ottilie.

— Non, je ne m'en suis pas aperçue.

Oriane souriait, de ce doux et mystérieux
sourire qu'elle avait en parlant de Guido.

— ... Et je suis bien sûre qu'il ne verra aucun
inconvénient à ce que je vous propose.

Ottilie la considérait avec un étonnement
mêlé d'admiration. Quelle singulière assurance
chez cette jeune femme! Et quelle radieuse
lumière dans ses yeux! Quelle douceur dans ce
sourire si gai, si sincère!

« Comme elle a l'air heureux! » songeait tout
à coup Ottilie.

— Votre nièce Agnele vous ressemble, Ottilie, dit Oriane qui la regardait pensivement.

— Ma nièce Agnele? Vous la connaissez?

— Je viens de les voir toutes les deux. Elles
sont bien frêles, bien délicates, ces pauvres
petites. Elles s'étiolent, dans ces grandes chambres sombres et si froides. Je vais en informer
leur père, qui l'ignore certainement.

Mlle de Hadstein, dans sa stupéfaction, ouvrit

aussi grands qu'elle put ses yeux pâles, et Ottilie dit avec effroi :

— Oh ! ne vous hasardez pas à lui parler de ses enfants ! Il les dédaigne, il ne s'occupe jamais de ce qui les concerne et ne veut pas qu'on lui en dise mot.

— Je lui en ai parlé pourtant, puisque je lui ai fait part de mon désir de les connaître. Et vous savez qu'il ne m'a pas dévorée, le seigneur loup...

Oriane riait, avec une petite lueur d'ironie dans le regard. Puis elle se leva en disant :

— A ce soir, Ottilie.

Elle tendit la main à sa belle-sœur, répondit à la révérence de Mlle de Hadstein, et quitta l'appartement. Par une longue galerie décorée de fresques, elle gagna le petit palais. La baronne de Freiswitz l'attendait dans le salon dit « de Jacob », où l'histoire du patriarche biblique était représentée sur les magnifiques tapisseries qui la décoraient. Elle annonça :

— Monseigneur Guido a fait avertir Votre Grâce, voici un moment déjà, qu'il l'attendait dans son cabinet.

— Ah ! fort bien. Chère madame de Freiswitz, nous prendrons sans doute le café là. Je vous donne donc votre liberté jusqu'au souper.

Oriane sourit aimablement à la dame d'honneur et quitta la pièce, dans un bruissement de soie.

Mme de Freiswitz la suivit d'un long regard, en soupirant, et songea : « Pauvre jeune délicieuse créature ! Pauvre âme si délicate ! Ne la briserat-il pas un jour, elle aussi ? Hélas ! comment espérer le contraire, avec cet homme redoutable ! »

IV

Un vif soleil de mai entrait dans la grande salle tendue de cuir cordouan, s'étendait en longue traînée sur le tapis de Turquie, arrivait jusqu'au comte Tankred et à son fils, tous deux assis près d'une table chargée de papiers. Cette pièce était le cabinet du comte régnant. Guido, bien qu'il eût reçu pleins pouvoirs de son père, venait par déférence l'entretenir des affaires du petit Etat. Le comte Tankred approuvait toujours les actes de son héritier, d'ailleurs généralement conformes à ses propres idées. Toutefois, aujourd'hui, il manifesta une surprise désapprobatrice au sujet d'une commutation de peine signée par Guido.

— Quoi ! un an de prison au lieu du gibet ? Pourquoi cela, Guido ?

— J'ai trouvé que la faute ne valait pas cette peine.

— Pourtant, le jugement avait été prononcé par toi.

— J'ai réfléchi ensuite, mon père.

Le comte Tankred n'insista pas. Guido, par sa profonde intelligence, sa culture d'esprit très étendue, exerçait sur lui la plus grande influence. Devant ce fils intellectuellement très supérieur à lui et dont la nature avait toujours eu un côté énigmatique, le père abdiquait cette volonté que personne d'autre, par ailleurs, n'avait pu faire céder.

Après quelques propos divers sur les affaires de l'Etat, le comte régnant demanda :

— Tu as donc jugé bon de faire quitter à tes filles le vieux château ?

— Oui, elles y dépérissaient. Je les ai fait installer dans l'aile Sud.

Le comte Tankred eut un dédaigneux mouvement d'épaules.

— Ces enfants ont une faible constitution. Fort heureusement, Maria-Annunziata ne t'a pas donné de fils. Ton premier mariage fut une erreur, Guido. Une race vigoureuse et intacte comme la nôtre doit éviter de chercher femme dans ces familles princières où se sont multipliées les alliances entre consanguins. Mieux vaut cent fois arrêter son choix sur une maison moins illustre, dès qu'elle nous paraît irréprochable au point de vue physique. Telle est Oriane. Admirablement belle — plus belle chaque jour que la veille, semble-t-il — et de santé parfaite, n'est-ce pas ?

— En effet.

— Tu es toujours satisfait de ce mariage ?

— Très satisfait.

Pendant un instant, le comte Tankred, avec un demi-sourire sur les lèvres et une lueur d'orgueilleuse complaisance dans le regard, considéra son fils qui, de la houssine qu'il tenait à la main, frappait sa botte à petits coups.

— Et la comtesse Moldau ? Décidément, elle
ne te plaît plus ?

— La comtesse Moldau ? C'est de l'histoire
ancienne, cela.

Le comte Tankred eut un rire amusé.

— Oh ! ancienne ! Je crois que tu as l'humeur
encore plus changeante que la mienne, mon cher
ami. Mais les candidates à ta faveur ne man-
quent pas, et il en est de charmantes. La petite
baronne d'Elbernheim, entre autres.

— Je n'aime pas les rousses.

— Oh ! elle l'est si peu. Et quel teint éblouissant. Gisèle Feldwich aussi est d'une beauté
rare, d'une élégance parfaite. Elle ferait une
favorite très représentative.

Guido siffla son chien couché au seuil de la
porte.

— Trop grande, dit-il laconiquement.

— Eh ! cher, tu as la réputation d'être difficile, mais tu la mérites ! dit le comte Tankred en
souriant.

Guido sourit aussi, à peine, du coin des lèvres.
Il passa la main sur la tête du dogue, puis laissa
tomber ces mots, avec une nonchalance ironique :

— Je suis, en effet, de plus en plus difficile.

— Eh ! tu en as le droit, cher enfant. Ce n'est
pas moi qui t'en blâmerai… Cependant Oriane a
trouvé grâce devant toi. Il est certain qu'elle est
une femme inégalable. Tu as choisi admirablement, Guido. Quels beaux rejetons de Faldensten
vous nous donnerez !

La satisfaction, l'orgueil vibraient dans l'accent du comte Tankred. Il se leva sur ces derniers mots en disant :

— Allons chez ta mère, maintenant. Oriane y est ?

— Mais oui, mon père.

— Il paraît qu'elle voit assez souvent Ottilie, depuis quelque temps ?

— Je l'y ai autorisée.

— Ah ! fort bien ! Mais sais-tu aussi qu'elle lui prête des livres ?

— Je le sais.

— Bon, bon... Du moment que c'est dans tes idées. Moi, il m'importe peu. Cerveaux de femmes, choses négligeables. Mais je te croyais de cette opinion.

— Cela dépend de la qualité des cerveaux ! Certains gagnent à recevoir une culture judicieuse. Celui d'Oriane est de ce nombre.

— Mais Ottilie ?

— Ottilie, j'ignore... Oriane, qui a beaucoup de finesse et de bon sens, me renseignera à ce sujet.

Le comte Tankred eut un petit sifflement de dédain.

— Le jugement d'une femme ! Peuh ! Tu n'es pas homme à t'y fier, mon cher ami. Mais tout cela n'a pas d'importance. Si tu veux faire une expérience sur Ottilie, libre à toi. Tu seras probablement bientôt le chef de la famille et je te laisse, d'ores et déjà, maître d'agir à ton gré, pour tes sœurs.

Tout en parlant, les deux comtes, suivis du dogue Attila, avaient quitté la pièce et se dirigeaient vers le Pavillon d'argent. Il y avait

aujourd'hui réception restreinte chez la comtesse régnante. Une vingtaine de femmes élégantes, des hommes en habit de cour ou en
tenue militaire entouraient Leonora, sa belle-
fille et Ottilie, auxquelles étaient venues se
joindre l'abbesse et la comtesse Hélène. Mme de
Fonteilleux se trouvait là aussi. La comtesse
Leonora lui témoignait une grande amabilité qui
contrastait avec la froideur d'Oriane. Car celle-
ci ne pouvait oublier la fausseté, la sécheresse de
cœur dont avait fait preuve la chanoinesse à
l'égard de ses jeunes parents malheureux. Mais
Mme de Fonteilleux affectait de ne point s'en
apercevoir et réservait tous ses empressements,
toutes ses flatteries pour la comtesse Leonora.

Autour d'Oriane, il y avait deux partis. Les
hommes l'admiraient, l'entouraient de discrets
hommages ; les femmes, jalouses, plus ou moins
férocement selon leur nature, gardaient à son
égard une attitude d'expectative légèrement
hostile. Ne savait-on pas que les caprices du
comte Guido avaient tôt fait de se succéder, et
ne pouvait-on raisonnablement espérer que
cette trop belle Oriane serait quand même vite
délaissée ? Dès lors, ne valait-il pas mieux faire
sa cour à la comtesse Leonora qui, par sa
brillante intelligence, son insinuante habileté,
avait su acquérir de chauds partisans ? On ne
risquait rien puisque le jeune seigneur loup, pas
plus que tout autre Faldensten, ne se soucierait
de ce qui pourrait paraître à sa femme désagréable ou blessant. D'ailleurs, il y avait manière de
s'y prendre, habilement, sournoisement, pour
froisser, humilier cette trop séduisante jeune

comtesse. On pouvait, quant à cela, se fier aux
dames de la cour de Faldensten.

Oriane, sans se douter de la malveillance qui
la guettait, conservait son habituelle attitude de
réserve gracieuse aussi bien dans les réunions
officielles qu'au milieu de sa nouvelle famille.
Elle était, cet après-midi, vêtue à merveille
d'une robe velours vert pâle garnie de points de
Venise. Une étoile d'émeraudes et de diamants
étincelait dans la chevelure soyeuse aux si beaux
tons d'or, qu'aucun nuage de poudre ne voilait.
Le comte Guido ne voulait pas qu'elle en mît,
avait répondu la jeune femme à sa belle-mère
quand celle-ci, au retour de Palsheim, s'était
étonnée de ne point lui en voir. Et depuis lors,
ces dames de la cour, y compris la comtesse
régnante, portaient leurs cheveux sans poudre,
puisque tel était le goût de monseigneur Guido.

L'entrée des deux comtes interrompit une
conversation animée, conduite par Leonora.
Celle-ci leur présenta un jeune Romain de noble
famille, le marquis Emilio Favella, dont la mère
avait été sa compagne d'enfance. Il venait pour
faire la connaissance d'une jeune personne de la
cour, Gisèle Feldwich, avec laquelle voulait le
marier la comtesse régnante.

C'était un homme aimable et séduisant, doué
d'un esprit vif, sinon profond, et d'une large
culture intellectuelle. Il parut agréer au comte
Guido, qui s'entretint assez longtemps avec lui
pendant cette réception.

Comme se terminait la collation servie par des
valets en livrée bleue et argent, la comtesse
Leonora dit à son fils :

— J'ai trouvé en don Emilio un conseiller précieux pour notre fête costumée du mois prochain, monseigneur. Il nous donnera des idées nouvelles et originales, ainsi que je m'en suis aperçue en l'entretenant à ce sujet.

— Ah ! vous vous occupez de ces frivolités, don Emilio ?

Un sourire de légère raillerie venait aux lèvres de Guido :

— Parfois, monseigneur... pour être agréable aux nobles et charmantes hôtesses qui veulent bien m'accueillir.

Le marquis Favella, en parlant, s'inclinait avec une grâce respectueuse vers la comtesse Leonora. Mais son regard, l'espace d'un éclair, s'était arrêté sur la jeune femme vêtue de velours vert qui parlait peu et gardait un air pensif, en tenant sa délicate main blanche posée sur la tête du dogue Attila, assis près d'elle.

— Ne vous laissez pas circonvenir par les femmes, je vous le conseille, dit Guido sur un ton sarcastique. Sans quoi, elles vous lieront pieds et poings. Leur ingéniosité, leur goût du plaisir sont assez grands pour leur permettre de se passer de vous... N'est-ce pas, princesse Feldwich, et vous, madame d'Elbenheim, que vous saurez trouver, sans l'aide du marquis Favella, le travestissement qui vous fera irrésistibles ?

Les interpellées se trouvaient assises l'une près de l'autre, comme pour mieux faire valoir leur beauté différente. La baronne d'Elbenheim, femme d'un écuyer du comte Tankred, était une jolie petite personne blonde, légèrement rousse, menue, mais bien proportionnée, dont les yeux gris veloutés savaient prendre l'expression la plus angélique. Gisèle Feldwich, d'origine hongroise par sa mère, passait, avant l'apparition d'Oriane, pour la plus belle personne de la cour. Elle avait vingt ans, une taille de statue, de soyeux cheveux noirs, et, dans un visage d'une régularité parfaite, des yeux couleur de turquoise, un peu étranges, souvent comme voilés d'indifférence et qui, tout à coup, flambaient d'un feu vif dont toute cette calme physionomie semblait embrasée. Sa beauté, son charme nonchalant étaient rehaussés toujours par la plus grande élégance. A la cour, on tenait Mme d'Elbenheim et elle comme les candidates les mieux qualifiées pour remplacer la comtesse Moldau dans cette situation de favorite en titre.

A l'interpellation railleuse du comte Guido, Laura d'Elbenheim rougit, en baissant modestement les yeux. Gisèle Feldwich inclina son buste superbe et répondit avec un sourire à la fois humble et provocant :

— Nous nous y essayerons du moins, monseigneur.

— Et vous êtes certaines d'y réussir, j'en suis persuadé. Don Emilio aura ainsi plus de loisirs pour composer son propre travestissement, dont je ne doute point qu'il soit parfait.

Le comte Guido, en parlant ainsi, enveloppait de son regard ironique l'élégant habit de cour dont était vêtu le jeune Romain, visiblement très raffiné dans sa tenue.

— Nos fêtes de carnaval nous ont accoutumés à ce divertissement, répliqua don Emilio avec le sourire doux, insinuant, qui semblait habituel chez lui. Mais peut-être Votre Grâce Sérénissime ne le goûte-t-elle pas ?

— Personnellement, non. Je me contente du coup d'œil qui peut être agréable, si la fête est bien réglée.

— Mais vous permettrez à la comtesse Oriane de se travestir ? demanda Leonora.

Elle venait de jeter un coup d'œil vers sa belle-fille et sentait un sourd agacement, une imprécise inquiétude pénétrer en elle devant la fierté pensive, la sérénité mystérieuse de cette jeune femme qui éclipsait les plus inconstestables beautés de la cour.

— Nous verrons, répondit brièvement Guido.

Il eut un rapide coup d'œil vers sa femme, en répondant ainsi. Sur les lèvres d'Oriane passa un sourire, presque insaisissable, tandis que les paupières s'abaissaient légèrement comme pour cacher l'éclair malicieux qui traversait les beaux yeux sombres. Il fallait toute l'attention en éveil d'une Freihild pour les intercepter, ces regards, ces sourires qu'elle guettait farouchement. Que cachaient ces deux êtres aussi énigmatiques l'un que l'autre ? Freihild, avec l'instinct de la passion et de la jalousie, pressentait que le comte Guido donnait à Oriane, dans sa vie, une place que nulle n'y avait encore jamais occupée. Mais jusqu'à quel point cet amour exerçait-il son influence sur l'orgueilleuse volonté du seigneur loup ?

Freihild cherchait vainement un moyen de connaître ce qui se passait au petit palais. Dans

Tholberg fonctionnait un système d'espionnage qui renseignait le comte Tankred sur tout le personnel du château, y compris l'entourage de sa femme, et celle-ci, à son tour, avait ses créatures qui lui rapportaient ce qui pouvait l'intéresser. Mais le petit palais restait inviolable. Un surintendant choisi par le comte Guido y exerçait une surveillance minutieuse et, fort des instructions péremptoires du maître, tenait le personnel sous une implacable discipline de silence. Monseigneur Guido tenait bien close sa tour d'ivoire et y enfermait sa femme — qui ne devait en éprouver nul déplaisir, à en juger par l'apparence.

Quand les deux comtes se furent retirés, l'abbesse prit congé de sa belle-sœur. Elle offrit une place dans sa voiture à Mme de Fonteilleux pour qui cette amabilité fut un peu de baume sur la cuisante blessure de son amour-propre. Car, dans les quelques occasions où elle s'était trouvée en présence du comte Guido depuis le mariage d'Oriane, il lui avait témoigné la plus écrasante indifférence, ne semblant même pas s'apercevoir de sa présence. Aujourd'hui il avait accentué encore, si possible, cette attitude, et la chanoinesse avait eu l'impression que les courtisans, remarquant cela, s'écartaient d'elle comme d'une pestiférée.

Elle cherchait en vain la raison d'un tel ostracisme qui la précipitait dans un abîme d'humiliation. Car on ne pouvait raisonnablement supposer qu'Oriane eût assez d'influence pour faire partager ses griefs à un homme de cette nature, si dédaigneux des contrariétés, des soucis féminins. Mais quoiqu'elle pensât ainsi, Mme de Fonteilleux leur gardait au fond du cœur une sourde colère, une haineuse méfiance contre cette jeune cousine qui lui devait une élévation inespérée — oui, qui la lui devait, car enfin, que serait-elle devenue, si elle, Athénaïs de Fonteilleux, ne l'avait accueillie ?

La comtesse Leonora et Freihild n'étaient pas moins curieuses des raisons qui motivaient cette défaveur si marquée à l'égard de la chanoinesse. Elles eurent encore ce soir-là un nouveau sujet de surprise quand le comte Guido, après le souper, dit à sa mère :

— Veuillez, à l'avenir, madame, vous dispenser d'inviter la comtesse de Fonteilleux.

— Mme de Fonteilleux ? Vous ne voulez pas, monseigneur ?...

— Non. Cette personne me déplaît !

— Ah ! fort bien. Je supposais faire ainsi plaisir à Oriane...

La comtesse Leonora glissait un coup d'œil vers la jeune femme debout près de Guido, semblable à un beau sphinx avec ses yeux profonds demi voilés par la soyeuse frange des cils.

— Oriane n'a pas d'autre opinion que la mienne, dit froidement Guido.

Rien, sur la physionomie d'Oriane ne témoigna qu'elle jugeât excessif cet article du code à l'usage d'une parfaite comtesse de Faldensten.

— Eh ! il serait beau qu'il en fût autrement, réliqua le comte Tankred avec le petit ricanement qui lui était familier. Quand, par hasard, quelque idée d'indépendance est passée dans l'esprit d'une femme de notre famille, elle s'en est repentie jusqu'à la fin de ses jours. Et les prisons du vieux château sont toujours là pour recevoir les belles insoumises.

Le visage d'Oriane frémit ; son regard, soudainement chargé d'inquiétude, presque d'effroi, se tourna vers Guido.

Une lueur passait dans les yeux du jeune comte. Sa voix s'éleva, brève, impatiente, dénotant une violente contrariété :

— Il n'y a pas d'insoumission à craindre, mon père.

— Evidemment ! A moins d'être démente... Mais, il est toujours bon de menacer une femme, esprit frivole ou oublieux.

Sous le dur regard de son père, Ottilie devint très pâle, baissa des yeux troublés. Oriane vit frissonner ses épaules sous la soie de sa robe.

— ... Et c'est ainsi que l'on tient en main ce qui ne demanderait qu'à s'émanciper. Mais tu n'as plus de leçons à recevoir de moi sur ce sujet, Guido. Grâce au ciel, tu la possèdes, cette main de fer qui écrasera les résistances, bien problématiques d'ailleurs.

— Impossibles, voulez-vous dire ? répliqua Guido avec un sourire de froid dédain.

Un orgueilleux contentement parut dans le regard que le comte Tankred attachait sur son fils.

— Impossibles, en effet, avec toi. Et je suis bien assuré que tu saura faire de tes fils des seigneurs loups dignes de tes ancêtres, dignes de toi.

De nouveau, Oriane frémit. Ses beaux yeux

profonds glissèrent un regard inquiet vers le
visage impassible de Guido. Puis, presque aussitôt, les lèvres qui venaient de trembler se
détendirent en un sourire léger, très doux, un
peu amusé, les yeux reprirent leur sérénité, leur
mystérieuse lumière.

Quand Freihild fut seule avec la comtesse
Leonora, elle lui jeta ces mots d'une voix que la
colère faisait trembler :

— C'est à cause d'elle que monseigneur
Guido tient en si complète disgrâce Mme de
Fonteilleux !

— A cause d'elle ? Pourquoi ?

— Je l'ignore. Mais cela est, j'en suis sûre ! Et
avez-vous vu la colère de monseigneur Guido, à
cette réflexion menaçante de monseigneur Tankred ? Et son regard à elle ?... son regard inquiet
d'abord, et qui se rassurait après avoir rencontré
celui de son mari.

— Oh ! Freihild, je n'observe pas comme toi !

— C'est que l'amour et la haine voient clair là
où d'autres ne trouvent qu'obscurité. Et je la
hais, cette femme !... je la hais autant que je
l'aime, lui !

La voix de Freihild vibrait de sauvage passion.
La comtesse murmura avec effroi :

— Prends garde !... Prends garde ! Si quelqu'un t'entendait !

Freihild leva les épaules.

— Que m'importe ! dit-elle âprement. Que
m'importe tout, et la vie elle-même, si je dois
continuer de la voir près de lui, heureuse... de
revoir dans ses yeux ce que j'y ai vu aujour-
d'hui...

— Quoi donc?

— La certitude de n'avoir rien à craindre de lui et la joie d'être aimée.

V

Il était un point sur lequel le comte Tankred laissait entière liberté à sa femme : celui des divertissements. Lui et Guido jugeaient fort au-dessous d'eux ces superfluités, bonnes, décla-raient-ils, pour les cerveaux féminins. Et ils tenaient pour une grande faveur de leur part d'y assister, à moins que, précisément ce jour-là, ils eussent la fantaisie de se rendre à l'un de leurs pavillons de chasse, pour la plus grande mortifi-cation de la comtesse régnante.

Celle-ci avait un génie particulier pour l'orga-nisation de ces fêtes et Freihild, la secondait habilement dans sa tâche. Les invités venaient de fort loin, et de Vienne même. Thalberg en logeait un certain nombre, le vieux palais de Rupelsheim recevait les autres. Tous ces hôtes étaient traités de manière fastueuse, les comtes de Faldensten ayant toujours eu renom de large hospitalité.

Leonora se piquait de ressembler à ses aïeules de la Renaissance, grandes dames à demi païen-nes dans leurs idées et fort larges sur le chapitre de la morale. Ce n'était pas le comte Tankred qui l'eût contrariée sur ce sujet. Aussi avait-elle coutume de donner à ces fêtes de la cour le ton fort libre dont elle usait fréquemment dans la conversation et que ses familiers adoptaient, sachant ne pas déplaire au comte régnant — ni, très probablement, au comte Guido, puisque celui-ci n'en avait jusqu'alors témoigné aucune désapprobation.

Or, cette fois, elle eut la très vive surprise de voir son fils lui demander communication du programme. Et avec moins de stupéfaction, elle l'entendit déclarer, après qu'il en eut pris connaissance :

— Il faudra supprimer cette mascarade mythologique. C'est ridicule et inconvenant.

— Quoi ? Le réveil de Vénus ? Mais ce sera délicieux, je vous assure ! Gisèle Feldwich est assez grande dame pour mettre dans son rôle toute la mesure convenable.

— Ah ! c'est la belle Gisèle qui devait figurer Vénus ? Eh bien ! il faudra qu'elle renonce à nous charmer par ce moyen-là, répliqua Guido sur un ton de glaciale moquerie.

La comtesse Leonora savait inutile d'insister. D'ailleurs elle ne l'aurait point osé, bien moins encore près de son fils que de son mari. Le comte Tankred pouvait se laisser parfois prendre à certaines adroites manœuvres féminines, impuissantes devant la subtile intelligence, la redoutable clairvoyance de Guido.

En pensant un peu après à cette surprenante interdiction, Leonora se souvint qu'à diverses reprises au cours du repas, quand la conversation prenait un ton inconvenant, Guido y avait nettement coupé court avec cette froide autorité dont son père lui-même subissait l'empire.

— Eh ! je ne suppose pourtant pas que ce soit
par égard pour la blanche et pieuse Oriane !
disait-elle à sa confidente. Lui qui a toujours
prétendu que la femme, perverse par nature, n'a
de la vertu que les apparences !

— Qui sait ? répliquait Freihild, de plus en
plus sombre et rongée par la jalousie.

Chez Leonora, la sourde hostilité qui existait
déjà contre sa belle-fille s'augmenta encore ce
jour-là. Et dans l'âme de cette femme dont la
beauté se flétrissait, elle devint de la haine, le
jour de la fête, quand parut Oriane vêtue en
dogaresse de Venise, portant sur sa robe de
brocart blanc tissé d'or, sur la pure blancheur du
cou, dans le chaud reflet des cheveux, les plus
merveilleux joyaux dont eût jamais été parée
une comtesse de Faldensten. Tellement saisis-
sante était sa beauté, ce soir-là, que les plus
séduisantes parmi les femmes de cette assemblée
semblèrent perdre une grande partie de leur
charme.

Le comte Guido, lui, n'était pas travesti. Son
habit de velours brun n'avait d'autre ornement
que des manchettes de dentelle précieuse et un
gilet de soie blanche brodé de couleurs éteintes.
Quand le marquis Favella vint le saluer, la sobre
élégance de cette tenue s'affirma mieux encore
près du riche costume du xvie que portait le
jeune Romain.

— Vous étincelez comme le soleil, don Emilio, dit le comte Guido avec un coup d'œil
moqueur sur les diamants du pourpoint de
velours vert. Prenez garde de ne pas éblouir

toutes ces dames, desquelles vous feriez ensuite
des désespérées.

— Je n'ai point tant d'outrecuidance, monseigneur !

— Non, contentez-vous de fasciner la princesse Feldwich, puisque vous êtes ici pour elle.

Et le comte s'éloigna, laissant don Emilio fort
envié des courtisans pour cette attention que lui
accordait monseigneur Guido, si avare de ses
bonnes grâces.

L'archiduc Ludwig-Karl, le fiancé d'Ottilie,
assistait aussi à cette fête. Lui non plus n'était
pas travesti, mais il portait avec la plus complète
inélégance, sur son buste maigre et à demi
contrefait, sa tenue militaire dont le drap blanc
donnait à son teint bilieux une nuance verdâtre.
Petit, les jambes un peu cagneuses, les traits de
travers, il avait en outre la plus maussade figure
du monde et des yeux sournois, mauvais, tout
injectés de sang. Le moral, disait-on, répondait
à cet aimable physique. Mais ce prince autrichien était fort riche et, surtout, se trouvait
proche parent de l'empereur. Il se pouvait qu'un
jour ses descendants fussent appelés à monter
sur le trône.

Le mariage devait se célébrer dans quelques
semaines. Ottilie semblait résignée. Mais
aujourd'hui, elle paraissait d'une pâleur frappante dans ce costume du Moyen Age qui seyait
à sa grâce noble et fière.

Le temps, très chaud, permettait qu'une partie de la fête se déroulât dans les jardins proches
du Pavillon d'argent. Ils étaient illuminés,
offrant ainsi un incomparable coup d'œil. La

lunc, à son troisième quartier, voyait s'éclipser sa lueur discrète. Quant aux salons et à la galerie de porphyre, ils n'étaient qu'un ruissellement de lumière tombant des lustres énormes, des hauts candélabres d'argent massif. En tous ces lieux allait et venait une foule parée, couverte de joyaux, qui ressuscitait des costumes d'autrefois. Certains de ces invités portaient le domino ou le masque ; mais l'étiquette exigeait qu'ils retirassent celui-ci au cas où l'un des membres de la famille souveraine leur adresserait la parole. En attendant, ils s'amusaient à intriguer les personnes de leur connaissance. L'un d'eux cependant, grand, de noble allure et portant un domino violet foncé, restait à l'écart et semblait surtout désireux d'éviter les regards des comtes de Faldensten et de la comtesse Leonora. Il demeurait presque constamment dans les jardins et se hasardait seulement pendant quelques instants dans la galerie ou les salons. Alors, ses yeux cherchaient quelqu'un et s'arrêtaient longuement sur une jeune châtelaine du Moyen Age, pâle et grave, qui accomplissait avec une grâce machinale les gestes prescrits par l'étiquette.

Le comte Tankred avait paru au commencement de la réception ; mais il se retira bientôt. Il souffrait visiblement aujourd'hui, comme le démontrait l'altération de sa physionomie, que toute sa rude énergie ne pouvait dissimuler.

Ce fut donc le comte Guido, seul, qui continua de recevoir les hommages des courtisans. Il était le futur maître et, en réalité, déjà le maître effectif. Devant lui, sur le théâtre dressé dans la galerie, une excellente troupe de Vienne joua une comédie. Puis des dames et seigneurs de la cour dansèrent, fort bien, le ballet des Fruits et des Fleurs.

Gisèle Feldwich était une superbe rose et Mme d'Elbenheim une charmante violette aux yeux baissés. La comtesse Moldau avait entremêlé ses cheveux noirs de pampres et de raisins violacés. Une peau de léopard l'enveloppait, découvrant ses épaules. Ainsi costumée en bacchante, elle dansa avec fougue, ses yeux ardents sans cesse tournés vers le comte Guido. Celui-ci, accoudé au bras de son fauteuil, ne laissait voir sur sa froide physionomie aucune marque d'intérêt. Près de lui, la belle jeune comtesse gardait cet air de radieux mystère qui excitait chez Freihild la plus haineuse curiosité. Ce soir surtout — ce soir où le charme incomparable de cette Oriane paraissait dans tout son éclat !

— Eh ! cette pauvre Moldau cherche à reprendre monseigneur Guido, qu'en penses-tu, Leo ? dit à la fin du ballet la princesse Tevish à son neveu M. Trenlau, le premier écuyer du comte Guido.

— C'est très certain, ma tante, répondit-il en riant. La peau de léopard rappelle cette peau de panthère qui attira naguère sur elle l'attention de Sa Grâce.

— Crois-tu qu'elle réussira ?

— Mais non, mais non ! Pas avec un homme comme monseigneur. Pour lui, quand un caprice est fini, c'est pour toujours.

— Alors, qui aura l'honneur ?...

— Oh ! vous m'en demandez trop ! Sa Grâce

nc me fait pas de confidences. A personne,
d'ailleurs.

Leo de Trenlau ne souriait plus et prenait cet
air fermé qu'il avait chaque fois que la curiosité
des uns ou des autres cherchait à connaître
quelque chose de l'intimité du petit palais, où
son service près du comte Guido l'appelait
fréquemment.

— Il est vrai qu'il y a cette belle comtesse
Oriane, qui doit lui faire oublier pour le moment
toutes les autres.

La princesse soupira, en agitant son éventail
devant le visage fardé qui avait été autrefois
celui d'une jolie femme.

— ... Mais elle aura son heure d'abandon,
elle aussi... Dis donc, Leo, sais-tu qui peut être
ce domino violet, là-bas ?

— Où donc ? Je ne vois pas...

— Il vient de disparaître. Je l'avais déjà
remarqué tout à l'heure. Sa démarche me rappelle quelqu'un...

— Si je l'aperçois, je tâcherai de découvrir
son identité, ma tante.

Dans la galerie de porphyre, les couples de
danseurs s'ébranlaient, aux sons d'un orchestre
dissimulé dans un bosquet de fleurs. Ottilie était
au bras de son fiancé. La disgrâce physique de
l'archiduc paraissait de façon plus éclatante
encore près de cette belle créature radieuse de
fraîcheur et de jeunesse. Bien des personnes
plaignaient la fiancée, en secret. Mais nul n'aurait osé le laisser soupçonner, dans la crainte que
le comte Tankred ou son fils y vît un blâme.

Si, pourtant, quelqu'un considérait d'un œil

attristé le couple disparate. C'était Oriane, qui dansait avec un grand seigneur autrichien, sujet de l'empereur et hôte des comtes de Faldensten. Elle suivait les instructions de son mari, qui lui avait dit : « L'étiquette demande qu'une comtesse de Faldensten choisisse d'abord pour cavalier les hôtes étrangers à la cour. » Aussi, peu après, le marquis Favella fut-il averti par le chambellan que la jeune comtesse le désignait pour la danse suivante.

Ce fut avec la grâce la plus parfaite que don Emilio vint présenter son bras à la main délicate d'Oriane, avec le plus séduisant sourire qu'il la remercia quand elle lui dit quelques mots aimables sur son pays. Puis ils causèrent, fort agréablement, tout en dansant. Don Emilio éteignait sous ses paupières demi baissées le feu trop vif de son regard, attaché sur cet admirable visage de femme. Mais il donnait à sa voix prenante, à son sourire, le maximum de leur insinuante séduction.

Le comte Guido ne dansait pas. Cet exercice entrait dans la catégorie de ceux qu'un Faldensten, en général, qualifiait de « bon pour les femmes ». Assis au milieu d'un cercle de courtisans humblement attentifs, il s'entretenait avec quelques prévilégiés tout en suivant les évolutions des danseurs. Puis, soudainement, il appela d'un geste M. de Trenlau qui se tenait debout à quelque distance.

— Prévenez la comtesse Oriane que je l'attends, Trenlau, ordonna-t-il.

Et, tandis que le premier écuyer se dirigeait vers le couple formé par Oriane et don Emilio,

Guido se leva, fit quelques pas au-devant de sa femme.

Quittant don Emilio avec une petite inclination de tête, Oriane s'avança, de cette allure souple, légère, qui s'alliait chez elle à la noble élégance de la démarche. Elle fit la révérence d'étiquette devant son seigneur et maître, puis posa sa main sur le bras qu'il lui présentait. Ils quittèrent la galerie, traversèrent le salon voisin, en adressant au passage quelques mots à certains invités, lesquels restaient confondus de cette faveur. Puis ils sortirent dans le parterre. Près d'une fontaine jaillissante féeriquement éclairée, se tenait un groupe de jeunes femmes et d'élégants seigneurs. Freihild en faisait partie. Le comte et Oriane s'arrêtèrent et Guido dit avec un accent de mordante ironie :

— Nous ne vous avons pas encore complimentée, comtesse Moldau. Vous semblez, réellement, être née dans la peau de cette bacchante que vous personnifiez aujourd'hui. Mais vous avez peu d'imagination. N'est-ce pas l'année dernière que je vous ai vue vêtue d'une semblable dépouille de fauve ?

— Oui, monseigneur... mais c'était une peau de panthère, répondit Freihild qui venait de plonger dans la plus profonde de ses révérences.

— Panthère, léopard, cousins germains. Quand Siva mourra, je vous donnerai sa peau, puisque vous semblez avoir voué une particulière affection à ce genre d'animaux. Mais vous ne la mettrez pas pour danser devant moi, car j'aime assez le changement, comme vous devriez le savoir.

Le comte s'éloigna sur ces mots, avec Oriane.
Freihild avait blêmi et serrait nerveusement les
lèvres.

— Et patatras, pauvre chère Moldau! murmura méchamment, à l'oreille d'une de ses
voisines, Gisèle Feldwich dont les yeux brillaient
de joie.

Dans les parterres éclairés, Guido et Oriane
avançaient parmi les groupes d'invités respectueusement inclinés. Le comte disait un mot à
quelques-uns, la comtesse leur adressait un
discret sourire. On chuchotait derrière eux :

— Quel couple incomparable! Et monseigneur Guido paraît satisfait de montrer cette
jeune comtesse à ses sujets. Il juge, avec raison,
qu'elle est un merveilleux ornement pour sa
cour.

Après avoir ainsi parcouru les parterres illuminés, Guido et Oriane se dirigèrent vers l'oran-
gerie. Quelques lumières, seules, avaient été
disposées parmi les orangers, les grenadiers, les
citronniers. Au moment où le comte et sa
femme y entraient, une ombre s'écarta, tenta de
se dissimuler derrière l'un des arbustes.

— Qui donc est là? demanda Guido.

Après une courte hésitation, l'ombre s'avança
d'un mouvement résolu. C'était l'homme au
domino violet. Il s'inclina respectueusement,
puis enleva son masque. Un jeune visage intelligent et fier apparut. Les lèvres frémissaient,
mais le regard loyal ne se baissa qu'un instant
sous celui du seigneur comte.

— Ah! le comte Pelnoff! dit Guido sur un
ton de froide surprise. Comment osez-vous,

Alexis Paulovich, vous trouver ici, sans invitation ?

— Je suis en faute, évidemment, monseigneur. Mais avant de regagner mon pays, je voulais revoir une dernière fois la femme inaccessible pour moi, dont le souvenir demeurera toujours en mon cœur. Votre Grâce Sérénissime jugera peut-être que c'est là un crime. En ce cas, je suis prêt à en porter la peine.

— Certes ! je ne puis laisser impunie une telle audace. Vous allez faire connaissance avec les cachots de Tholberg, comte Pelnoff.

Le visage du jeune homme frémit.

— Vous êtes le maître, monseigneur ! répliqua-t-il, la voix un peu tremblante.

Mais Oriane, se penchant à l'oreille de son mari, murmura :

— Oh ! non, non, Guido ! Qu'a-t-il fait de mal, pour que vous le punissiez ainsi ?

Sur le même ton, Guido répondit :

— Il s'est caché pour pénétrer ici, alors que mon père lui a formellement interdit l'entrée de Tholberg.

— Pourquoi cela ?

— Il avait tourné la tête d'Ottilie, qui se figurait pouvoir l'épouser.

— Ah ! c'est lui qui aimait cette pauvre Ottilie ? Il a un air loyal et sympathique... Guido, faites-lui grâce !

— Non, il doit être châtié de son outrecuidance.

— S'il aime sincèrement, il souffre... et on peut lui pardonner d'avoir cherché à la revoir une dernière fois. Faites-lui grâce, je vous en prie !

— Soit ! puisque tu le désires.

Alexis Pelnoff n'avait rien entendu de ce rapide colloque à voix basse. Fort intrigué, il considérait avec surprise la jeune femme qui semblait intercéder pour lui près de l'implacable seigneur loup. Elle ne savait donc pas encore, cette malheureuse, que mieux vaudrait s'adresser aux pierres du chemin ?

La voix du comte Guido s'éleva, nette et froide :

— Je veux bien cette fois vous montrer de l'indulgence, comte Pelnoff. Mais n'y revenez pas, car vous seriez alors impardonnable. Et ayez soin de quitter Tholberg sur l'heure.

Sans attendre un remerciement qui eût été long à venir, tellement était ahuri Alexis Pelnoff, le comte Guido et sa femme s'éloignèrent. Oriane dit à mi-voix :

— C'est affreux de condamner Ottilie à épouser cet horrible archiduc !

— Telle est la volonté de mon père.

— Mais vous avez assez d'influence sur lui pour lui faire changer d'idée !

— Maintenant, il est trop tard. Une rupture de fiançailles, sans motif, serait considérée comme une injure par l'empereur.

— Ce mariage est abominable ! dit ardemment Oriane. A la place d'Ottilie, j'aurais mieux aimé la prison, la mort, plutôt que de l'accepter !

— Tu as pourtant consenti à épouser un homme dont tu avais grand-peur.

Oriane, levant les yeux, rencontra le brûlant regard de Guido.

— Oui, j'avais peur... Mais je vous aimais déjà ! Et puis, pouvez-vous, en aucune façon, être comparé à cet odieux archiduc ?...

— Quelle manière de traiter mon futur beau-frère ! Tu as vraiment des audaces inouïes, ma bien-aimée !

Guido souriait, de ce sourire que, seule, connaissait Oriane. Il prit la main tiède toujours appuyée à son bras et y posa longuement ses lèvres.

— Vraiment, n'y a-t-il rien à faire pour Ottilie ? demanda Oriane avec une inquiète émotion.

— Je n'en vois pas la possibilité. S'il se présentait une circonstance favorable, je ne dis pas... Oui, je pourrais voir à en profiter.

— Elle est si charmante, et elle doit tant souffrir ! Ne vous rendez-vous pas compte de ce qu'elle peut endurer, Guido ?

— Si, depuis que j'aime, de toute mon âme.

Comme à ce moment les deux époux se retrouvaient dans la partie des jardins où allaient et venaient les invités, ils reprirent leurs attitude protocolaire et reparurent ainsi aux yeux de la comtesse Leonora qui, vêtue en noble Romaine du temps de Néron et plus artistement fardée que jamais, tenait sa cour dans un des salons du Pavillon d'argent.

Mais, ce soir-là, le flair des courtisans fut assez subtil pour leur faire soupçonner que la comtesse Oriane pouvait inspirer au jeune seigneur comte, momentanément du moins, une

passion que d'autres n'avaient pas connue et qui
lui donnait, peut-être, un semblant d'influence
sur son redoutable époux. Il convenait en tout
cas de se tourner vers elle, puisqu'elle était en
faveur, comme venait de le marquer ce soir
monseigneur Guido.

Et Leonora, le cœur gonflé d'irritation haineuse, vit les flatteurs, les thuriféraires entourer
sa belle-fille, encenser l'étoile nouvelle qui la
rejetait au deuxième plan, elle, l'astre vieillis-
sant.

VI

— Maintenant, parlons un peu de notre pauvre France, mademoiselle Clorinde.

Oriane venait de discuter avec la couturière
française la façon de plusieurs toilettes, après
quoi, selon sa coutume quand elle recevait sa
compatriote, elle allait s'entretenir quelques
instants avec elle de la patrie dont toutes deux se
trouvaient exilées.

Cet exil, très dur pour Mlle Vanier, était
maintenant adouci par la présence à Tholberg de
cette jeune comtesse française, bienveillante et
délicate, qui savait dire les mots propres à
consoler, à fortifier l'esprit et le cœur. En outre,
quel plaisir de contribuer à rendre plus séduisantes encore tant de grâce et de beauté ! Ah !
maintenant, Mlle Clorinde se moquait bien de
n'avoir pas réussi à contenter la comtesse

régnante ! Elle était officiellement, de par la
volonté du comte Guido, la dame habilleuse —
comme on disait ici — de la comtesse Oriane, et
cela seul suffisait à l'occuper sans beaucoup de
répit, elle et les ouvrières mises à sa disposition.
Les plus somptueuses soieries, les gazes et les
mousselines légères comme un souffle, les broderies magnifiques et les dentelles précieuses
étaient à sa disposition pour réaliser des mer-
veilles.

— Monseigneur Guido tient à me voir très
élégante ! avait dit un jour Oriane à sa compatriote.

La jeune femme possédait aussi d'incomparables joyaux. Un frère cadet du comte Tankred,
ayant longtemps voyagé dans les pays d'Orient,
en avait rapporté une collection de gemmes
léguées par lui à son neveu Guido. Celui-ci les
avait fait monter pour Oriane. La comtesse
Leonora n'en possédait pas de semblables — ce
qui ne contribuait pas peu à exalter son secret
dépit et sa haineuse jalousie à l'égard de sa
belle-fille.

Donc, Oriane et Mlle Clorinde rappelaient les
souvenirs de leur pays, tandis que la couturière
repliait les riches étoffes jetées sur les sièges,
près du lit de repos où la jeune femme était
étendue, en un charmant déshabillé de mousseline de l'Inde brodée, garni de dentelles vapo-
reuses. Depuis quelques jours, Oriane était un
peu souffrante, mais cette indisposition avait
une cause heureuse qui venait d'être annoncée
officiellement à la cour et aux sujets des comtes
de Faldensten.

— Reverrai-je jamais la France ? disait tristement Mlle Clorinde, tout en lissant d'une main légère une soie brochée d'argent. Vous, madame, êtes maintenant ici chez vous, et, sans doute, n'aurez-vous pas occasion de retourner dans votre pays !...

— Mais j'espère bien que si ! D'abord, quand la royauté sera rétablie, nous ferons valoir les droits de mon frère sur notre domaine, vendu comme bien de la Nation.

— Hélas ! le sera-t-elle jamais ? dit en soupirant Mlle Vanier. Le pauvre petit roi Louis XVII est toujours prisonnier. Ne vont-ils pas le tuer comme notre bon roi Louis XVI ?

— Prions Dieu qu'il n'en soit pas ainsi ! Et même alors, les comtes de Provence et d'Artois sont là pour revendiquer le trône... Ne désespérons pas, mademoiselle Clorinde. Mais, en attendant que vous puissiez revoir notre pays, dites-moi si quelque chose vous manque, ici ?... Dites-moi s'il m'est possible de vous procurer quelque satisfaction ?

— Oh ! madame, vous êtes trop bonne ! Je suis fort bien, maintenant que Votre Grâce me protège. J'ai tout ce que je désire...

Mlle Clorinde attachait un regard ému sur la jeune femme qui lui souriait avec bienveillance. De fait, sa situation avait bien changé depuis le mariage du comte Guido. On la traitait auparavant, à Tholberg, sans trop de considération, jugeant sans doute que cette exilée devait encore se montrer bien heureuse qu'on l'accueillît ici et qu'on profitât de son talent. Mais, devenue la dame habilleuse de la comtesse

Oriane, elle avait senti presque aussitôt une protection discrète qui s'étendait sur elle. Alors que la comtesse Leonora lui faisait donner comme une aumône des sommes disproportionnées avec la valeur de son travail, celui-ci était maintenant généreusement payé. Oriane y ajoutait d'aimables attentions pour sa compatriote, dont la nostalgie s'atténuait au contact de cette bonté, de cette grâce et de la fermeté d'âme qui existaient chez la jeune comtesse.

Aussi Mlle Clorinde avait-elle pour Oriane autant de reconnaissance que d'admiration. Et ce n'était pas peu dire, car elle trouvait en cette jeune femme toutes les perfections physiques et morales.

« Quelle tristesse ! songeait-elle une fois de plus aujourd'hui, en la considérant avec émotion, de penser que cet adorable jeune femme est l'épouse de ce terrible comte Guido. »

Certes, pour le moment, elle ne semblait pas malheureuse. Sans doute l'enchaînait-il comme les autres par l'amour, le fanatique amour qu'il savait inspirer. Mais quand il la délaisserait — comme les autres aussi. Quand il meurtrirait cette âme, ce cœur qui devaient être si délicats, si sensibles !

Car, enfin, si l'on en croyait ce qui se chuchotait, bien bas, et que l'on devait deviner, plutôt qu'entendre, ce comte Guido était le plus dur des maîtres, et le plus cruellement méprisant...

A cet instant de ses réflexions, Mlle Clorinde vit une porte s'ouvrir pour laisser paraître celui qui en était l'objet.

Elle se leva précipitamment. Ses jambes se

mirent à trembler si fort qu'elle faillit choir en
faisant une révérence. Jamais encore elle ne
s'était trouvé en présence du redouté seigneur
comte. Et ne racontait-on pas qu'en des jours de
fantasque humeur, il avait fait chasser de la cour
des gens dont la mine lui déplaisait ?

— Ah ! vous voilà, monseigneur ! dit Oriane.

Elle souriait, en levant sur son mari un regard
éclairé de profonde joie. Quelle aurait été la
stupéfaction scandalisée de tous ceux qui
vivaient à Tholberg, depuis le comte régnant
jusqu'au dernier des serviteurs, s'ils avaient vu
la jeune comtesse demeurer étendue à l'entrée
de son seigneur, au lieu de se lever, de s'avancer
vers lui comme le prescrivait l'étiquette, à moins
d'impossibilité absolue de se mouvoir !

— Vous le voyez, j'étais en conférence avec
Mlle Vanier, ma compatriote.

— C'est là cette habile personne qui t'habille
si bien, Oriane ? Je lui fais tout mon compliment.

La pauvre Mlle Clorinde, pour le coup, faillit
s'effondrer sous l'ahurissement. S'attendre à
être dévorée, puis au lieu de cela recevoir un
compliment — un compliment du seigneur loup !
La bonne demoiselle, aussitôt, se remémora le
conte du Petit Chaperon rouge et songea en
tremblant : « N'est-ce pas pour mieux me
manger ? »

— Il me plaît que la comtesse Oriane soit la
mieux parée de la cour, poursuivit le comte en
prenant place sur un fauteuil, près du lit de
repos. Vous réalisez parfaitement mes désirs,
mademoiselle. Aussi vous sera-t-il versé demain

une somme de deux mille florins, comme preuve
de ma satisfaction.

Mlle Vanier essaya de bégayer un remerciement. Elle ne savait plus du tout, en réalité, où
elle en était !

— Allez, ma bonne demoiselle Clorinde, dit
Oriane avec un sourire à la fois ému et amusé.
Laissez là ces étoffes. Je les ferai porter tout à
l'heure chez vous.

Mlle Vanier fit la révérence et se retira à
reculons, sans oser lever les yeux sur le seigneur
comte. Car, quelque bonne grâce dont il eût fait
preuve à son égard, elle ne se souciait pas de
rencontrer ce regard qui faisait rentrer sous terre
des gens plus haut placés qu'une pauvre couturière émigrée.

— Je suis heureuse de ce que vous faites là
pour cette excellente femme, Guido.

Il se pencha, entoura de ses bras la jeune
femme et baisa passionnément les douces paupières.

— Tout ce que tu aimes, tout ce qui possède
tes sympathies aura ma faveur. Je te l'ai dit, je te
le répète encore.

Quelle flamme ardente pouvaient contenir ces
prunelles dorées, si dures à l'ordinaire ! Quelle
caresse amoureuse passait dans cette voix que
nul ne connaissait que froide, impérative ou
mordante !

Et personne non plus, avant Oriane, n'avait
su comment pouvait aimer cet homme, ce dur
orgueilleux saturé d'hommages, de basses adula-
tions, accoutumé par son père à ne voir dans la
femme — trop justement hélas ! parfois, en ce

qui l'entourait — qu'un objet de plaisir voué au
mépris. Mlle de Cormessan l'avait intéressé très
vivement, à première vue, non seulement par sa
rare beauté, par le charme mystérieux de sa
physionomie, mais encore par la sincérité, le
courage dont elle avait fait preuve en osant
réfuter devant lui les assertions de la chanoinesse à l'égard d'Aimery. Au cours de la
seconde entrevue, il s'était mieux assuré encore,
en s'entretenant avec elle, de la pure noblesse,
de l'exquise délicatesse existant en cette âme de
jeune fille. Et la conquête du seigneur loup avait
été complète quand il était devenu le maître de
la fière et tremblante jeune femme, quand il
avait compris que, tout en le redoutant, elle
n'hésiterait pas à lui opposer une énergique
résistance s'il voulait lui imposer quoi que ce fût
blessant sa conscience et qui, si éprise qu'elle
fût, elle n'aurait jamais pour lui les soumissions
d'esclave, le culte idolâtre et rampant, les
coquetteries plus ou moins perverses qu'il avait
connues jusqu'ici. L'amour d'Oriane était aussi
passionné que celui d'une Freihild ; mais il
appartenait à une autre essence, et, tel, avait
touché une corde inconnue chez le comte
Guido. Oriane, dès les premiers jours de leur
union, entrait en souveraine dans ce cœur jusqu'alors inaccessible.

Chaque jour fortifiait cette secrète royauté
dont elle usait avec une discrétion, un tact qui
n'étaient pas les moindres qualités que l'orgueilleux Faldensten appréciait en elle. Maintenant,
elle savait qu'il existait chez lui ce qu'on eût
vainement cherché en son père : une âme

droite, dévoyée par l'éducation reçue, mais encore capable d'apprécier la sincérité courageuse chez autrui et d'estimer au-dessus de tout un cœur fier, incapable de bassesse, comme de toute compromission.

— C'est pour cela, plus encore que pour ta beauté, que je t'ai choisie pour devenir ma femme, lui avait-il dit un jour. Tu m'apportais un air pur dont j'avais soif, sans le savoir. Ton amour, Oriane, est pour moi le plus précieux des biens.

De ce pouvoir sur l'époux tant aimé, devant qui tous tremblaient, Oriane éprouvait parfois quelque secret orgueil dont elle ne se rendait pas compte, dans l'enivrement de son bonheur. En ce moment, elle le regardait avec une ardente tendresse, tandis qu'il passait une main caressante sur la chevelure aux reflets d'or et de soie dont il n'avait pas voulu que la splendeur fût éteinte sous la poudre, selon les décrets de la mode.

— Vous allez chasser, aujourd'hui ?

— Oui, tu ne me reverras que ce soir. Tu n'es pas plus fatiguée ?

— Mais non, au contraire.

— Fais venir Ottilie près de toi, cet après-midi, puisque tu l'as en sympathie.

— Volontiers ! J'essaierai de la distraire, pauvre Ottilie, dont le regard est parfois si triste.

— Bien d'autres, avant elle, ont subi un sort semblable et l'ont supporté sans plainte.

— Vous ne m'empêcherez pas de penser que c'est affreux, Guido !

Il ne répondit pas et continua sa lente caresse,

sans paraître voir le reproche contenu dans le
regard d'Oriane.

— Nous partirons bientôt pour Palsheim, ma
bien chère.

— Quel bonheur ! Nous serons si bien, là-
bas...

— Oui, si bien, tous deux... Car je ne compte
pas ton frère pour une gêne.

— Non, pauvre cher Aimery, car il est discret
par nature. En outre, il vous craint tellement !...
Mais je vous suis bien reconnaissante d'avoir eu
l'idée de l'emmener à Palsheim. Cet air si pur lui
fera un très grand bien, j'en suis certaine.

— Il va déjà mieux.

— Beaucoup mieux... grâce à vous.

— Le loup ne l'a pas encore mangé, celui-là.
Peut-être que, dans un ou deux ans, il sera
capable de réaliser le vœu de Mme de Fonteilleux, en entrant dans le régiment de Faldensten... A propos de cette estimable chanoinesse,
il paraît qu'elle est malade de la disgrâce où je la
tiens...

On frappa à cet instant à la porte du salon de
Jacob, où se trouvaient les deux époux et dont
Oriane avait fait sa pièce de prédilection. C'était
un des valets attachés au service de la jeune
comtesse, un vieillard à cheveux blancs qui était
né à Tholberg, et, depuis son enfance, portait le
joug très lourd que les seigneurs comtes faisaient
peser autour d'eux.

A la vue de son maître, il recula de quelques
pas en se courbant profondément.

— Qu'y a-t-il, Luitpold ? demanda Oriane.

— Madame... Benvenuta fait prévenir Votre

Grâce que la comtesse Madalena est très malade.

— Cette pauvre enfant ! Benvenuta a-t-elle dit ce qu'elle avait ?

— Elle a parlé d'une grande fièvre... Le docteur Frunck est venu...

— Dites à Benvenuta que j'irai la voir tout à l'heure.

La voix de Guido s'éleva, impérative :

— Dis-lui qu'elle aille au diable et que je me charge de l'y envoyer, si elle recommence à déranger ainsi la comtesse Oriane.

Le vieillard se courba de nouveau et se retira à reculons.

— Oh ! Guido, à quoi pensez-vous ? s'écria Oriane.

Elle regardait avec reproche le visage subitement durci.

— Je ne veux pas que tu ailles voir cette enfant, car sa maladie peut être contagieuse.

— Il est facile de s'en informer près du docteur Frunck, puisqu'il l'a vue.

— De toute façon, il ne me plaît pas que tu ailles te fatiguer ainsi.

— Pourquoi me fatiguerais-je ? Benvenuta est là pour la soigner, et elle trouvera bien des aides s'il est nécessaire. Je me bornerai à surveiller les soins qu'on lui donnera et à l'entourer d'un peu d'affection, pauvre petite fille sans mère, dont sa grand-mère ne se soucie pas plus que si elle n'existait pas.

La bouche de Guido eut un pli d'ironique dédain.

— En effet, ma mère jugerait absolument ridicule de se déranger pour ses petites filles.

— Vous voyez donc qu'il faut que je la remplace !

— Oui ! toi, tu es toujours prête au dévouement, je le sais !

Le pli dur s'effaçait du front orgueilleux, le regard amoureux contemplait le jeune visage ému.

Elle sourit, en répliquant :

— Cela vous déplaît-il, monseigneur le loup ?

— Non, si tu n'exagères pas. Je te permets donc d'aller voir Madalena, sous réserve d'information préalable près de Frunck, et à condition de n'en éprouver aucune fatigue.

— Je vous le promets, car je n'oublie pas que j'ai à ménager une chère petite vie — notre enfant, Guido !

Elle sourit encore avec une douceur attendrie, et toute la joie de cette future maternité parut dans les beaux yeux dont ne pouvait se détacher le regard passionné de Guido.

VII

Le docteur Frunck donnait toute assurance que la maladie de Madalena ne présentait rien de contagieux. L'enfant était atteinte d'une pneumonie, que sa constitution délicate rendait fort dangereuse. Oriane put donc se rendre près d'elle. Benvenuta l'accueillit par ces mots :

— Madame, la chère enfant ne fait que vous demander !

La méfiance un peu hostile de l'Italienne avait fini par céder, devant la sollicitude affectueuse, la bonté maternelle dont la seconde femme du comte Guido entourait ses belles-filles. Quant aux enfants, elles chérissaient Oriane. Madalena surtout, plus tendre, plus vibrante lui témoignait un attachement ardent. Benvenuta, d'abord, en avait ressenti quelque jalousie mais celle-ci n'avait pas tenu devant le charme d'Oriane, auquel il était si difficile de résister. Puis ne lui devait-elle pas une grande reconnaissance pour avoir obtenu aussitôt ce qu'elle avait auparavant sollicité en vain : le changement de logis pour ses chères petites comtesses ? Et d'autres améliorations, et des gâteries, et l'autorisation de les faire sortir en voiture dans la forêt ?

Debout à quelques pas du lit de Madalena, Benvenuta considérait avec émotion la jeune femme assise près de la petite malade, l'entourant de ses bras, tandis que le visage fiévreux reposait contre sa poitrine. Puis elle jeta les yeux sur le portrait de la comtesse Maria-Annunziata et hocha tristement la tête.

— Vous ne me quitterez pas, madame ? demanda la voix oppressée de Madalena.

— Je voudrais pouvoir le faire, ma chérie, mais je ne suis pas très bien portante en ce moment, et monseigneur Guido serait mécontent si je ne me reposais pas.

— Ah ! oui, monseigneur Guido ! murmura l'enfant avec un frisson.

Benvenuta avait tellement inspiré de crainte

aux jeunes comtesses à l'égard de leur père que les pauvres petites, se trouvant un jour en sa présence chez Oriane, s'étaient mises à trembler si bien que Guido lui-même en avait eu pitié.

— Qu'on emmène ces enfants, avait-il dit avec impatience. On croirait qu'elles vont avoir une attaque de nerfs.

Oriane s'efforçait de combattre peu à peu cette terreur chez les petites délaissées. Elle songeait aussi à agir discrètement sur le père indifférent et plein de mépris. Mais elle ne se dissimulait pas que cette seconde tâche serait difficile, par le fait même du dédain habituel aux Faldensten pour leurs enfants du sexe féminin.

Elle resta plus d'une heure auprès de Madalena et la quitta en promettant de revenir lui dire bonsoir, un peu plus tard. Benvenuta accompagna la jeune femme dans la pièce voisine, où jouait la petite Agnele. Celle-ci vint à sa belle-mère qui l'embrassa avec tendresse.

En caressant la joue un peu rosée, Oriane fit observer :

— Elle a meilleure mine, cette enfant. Mais sa sœur paraît prendre plus difficilement le dessus.

— Oui, la comtesse Madalena est plus faible... et puis aussi plus nerveuse, plus impressionnable ! Ainsi, le jour où elle a vu monseigneur Guido chez Votre Grâce, elle a passé une nuit très agitée, tandis que la comtesse Agnele dormait tranquillement.

Oriane eut un léger froncement de sourcils.

— Benvenuta, dites-le-moi franchement :

c'est vous qui avez inspiré à ces enfants un tel
effroi de leur père ?

Benvenuta rougit mais ne baissa pas les yeux
devant le regard interrogateur.

— Oui, madame, et bien naturellement, puisque, de cet effroi, j'étais moi-même pénétrée.
Car tout le monde, ici, a coutume de trembler
devant monseigneur Guido... et j'ai vu
Mme Maria-Annunziata elle-même...

Elle s'interrompit avec un regard perplexe sur
cette jeune femme qui, elle, ne semblait avoir
aucune crainte de son redoutable époux.

Oriane dit pensivement :

— D'après sa physionomie, sur son portrait,
je l'aurais supposée plus intrépide.

— Intrépide ? Devant monseigneur Guido ?
Ah ! madame, qui l'oserait ! Oui, elle était un
peu orgueilleuse, la princesse Maria-Annunziata
de Bourbon, elle avait un caractère volontaire et
décidé. Mais tout cela n'existait plus devant son
mari. Elle n'était qu'une pauvre amoureuse
comme les autres...

Benvenuta s'interrompit encore avec quelque
confusion, en songeant qu'elle parlait à la
seconde femme du comte Guido.

Oriane, sans paraître s'en apercevoir, fit quelques pas vers la porte, puis s'arrêta de nouveau.

— C'est la naissance de ses enfants qui l'a
tuée, je crois ?

— Oui, madame... Elle était restée languissante depuis lors...

Il y avait, dans l'accent de l'Italienne, une
hésitation, et dans son regard un trouble que
perçut Oriane.

— Cependant, elle était auparavant de bonne santé ?

— Certainement. Jamais je ne l'avais vue malade, ni fatiguée avant son mariage. C'était une belle jeune fille, très vigoureuse, bonne écuyère, aimant suivre les chasses. Cependant, un vieux médecin de la famille avait dit à ses parents : « Ne la mariez pas trop jeune, car sa constitution n'a pas la résistance que l'on pourrait croire. » Mais ils passèrent outre quand le comte de Faldensten jeta les yeux sur elle, pour son fils. Le médecin de monseigneur Tankred lui trouva les qualités de santé nécessaires et personne ne souffla mot de l'opinion du vieux docteur Marini, mort quelques mois auparavant. C'est pourtant lui qui avait raison. Elle faillit mourir, ma pauvre Madame Annunziata. Mais il y eut pire pour elle. Le docteur Frunck et deux autres qui vinrent de Vienne, déclarèrent après la naissance des jumelles que la pauvre comtesse ne pourrait plus avoir d'enfant. La comtesse Leonora...

Ici, une lueur de haine passa dans les yeux brillants de Benvenuta.

— ... qui ne se dérangeait guère pour la voir, prit la peine de venir, cette fois, pour lui annoncer une telle nouvelle. On peut imaginer ce que fut celle-ci, pour une malheureuse femme qui savait n'être rien, personnellement, pour son mari, et ne pouvait acquérir quelque valeur qu'en lui donnant des héritiers mâles. Je crus bien la voir trépasser, à la suite de cette révélation. Puis elle parut se remettre. Elle me disait : « Les médecins se trompent. J'ai encore de l'espoir. » Et j'en avais aussi, ayant connu des cas où ces pronostics médicaux ne s'étaient pas réalisés. Mais un matin...

La voix s'étrangla un peu dans la gorge de l'Italienne, dont le visage se contractait.

— ... je la trouvai morte dans son lit. Le docteur Frunck dit qu'il avait prévu une fin semblable... Moi, je ne sais pas... je ne sais pas...

Oriane la considéra en silence, d'un regard un peu assombri. Puis elle s'éloigna en disant :

— A ce soir, Benvenuta. Si l'état de l'enfant s'aggravait d'ici-là, ne manquez pas de m'en avertir.

— Je n'oserais, madame... Luitpold m'a dit que monseigneur Guido...

— Ne vous en préoccupez pas. Monseigneur Guido a parlé dans un moment d'impatience, ne voulant pas que je me fatigue. Mais vous n'avez rien à craindre de lui, Benvenuta.

Oriane regagna son appartement et donna l'ordre de prévenir son frère qu'elle l'attendait pour déjeuner avec elle. Puis elle s'étendit de nouveau sur le lit de repos. Sa physionomie restait songeuse et grave. Elle pensait à cette Maria-Annunziata, cette jeune princesse à la physionomie si hautaine, qui, au dire de Benvenuta, n'avait été « qu'une pauvre amoureuse, comme les autres ». Et elle n'avait trouvé en son mari que froide indifférence. Oriane la plaignait, cette dédaignée, elle qui était comblée par l'amour. Mais un sentiment surtout la dominait en ce moment : l'indignation contre la comtesse Leonora qui avait commis ce crime de venir

apprendre à sa belle-fille malade le diagnostic
des médecins, c'est-à-dire l'impossibilité pour
elle de donner désormais des fils au comte
Guido.

Oui, un crime, car elle devait bien supposer
l'effet que produirait sur cette jeune femme une
telle révélation. Annunziata avait manqué en
mourir, au dire de sa fidèle servante. Peut-être,
d'ailleurs, était-elle morte de ce désespoir quelques mois plus tard...

La comtesse Leonora... Oriane éprouvait à
son égard une singulière impression de défiance,
en dépit de l'amabilité qu'elle ne cessait jamais
de lui témoigner. Guido avait contribué à
l'augmenter encore quand il lui avait dit, aux
premiers jours de leur mariage : « Ma mère a
des idées, des goûts qui ne sauraient s'accorder
avec ceux que je veux te voir conserver. Ainsi
donc, tu auras avec elle des rapports officiels,
rien de plus. »

En outre, elle était trop fine observatrice pour
ne pas s'apercevoir que son mari, bien qu'il ne
formulât jamais aucun jugement sur la comtesse
Leonora, n'avait pas pour elle les sentiments
d'estime qu'un Faldensten même devait ressen-
tir à l'égard d'une mère qui en eût été digne.
Pourquoi ? Oriane l'ignorait et sa discrétion, sa
délicatesse, lui interdisaient de chercher à se
renseigner sur ce point près de Guido. Mais ce
qu'elle venait d'apprendre au sujet de la défunte
comtesse Annunziata ne pouvait que renforcer,
justifier cette défiance, cette antipathie jusqu'a-
lors latentes en elle.

« Pourquoi a-t-elle fait cela ? » songeait la

jeune femme. « Par pure méchanceté, sans doute, car je ne vois pas d'autres motifs ! »

Puis lui revinrent à l'esprit les réticences de Benvenuta, la singulière physionomie qu'avait eue l'Italienne en parlant de la fin subite de sa maîtresse. Que supposait-elle donc ? Oui, que supposait-elle, cette femme ?

Oriane eut un frisson. Plus d'une fois, dans cet immense Tholberg, ce palais-forteresse où tant de drames avaient dû se passer, où tant de secrets terribles demeuraient à jamais enclos, elle avait ressenti une impression de profond malaise, presque de terreur. Mais elle se rassurait toujours près de Guido, le maître tout-puissant et l'époux bien-aimé. Que pouvait-elle craindre près d'un tel protecteur ? Tout, ici, lui obéissait, tout tremblait devant lui. Pourquoi donc ce frisson, cet étrange sentiment d'effroi ? Pourquoi ce retour anxieux vers la mort d'Annunziata ?... une mort très naturelle, certainement, bien facilement explicable par l'état de santé dans lequel devait se trouver la jeune femme.

Benvenuta, dans ce lugubre vieux château où elle avait vécu plusieurs années avec les petites filles s'était monté l'imagination. Oui, il ne fallait pas accorder d'attention aux idées trop dramatiques inspirées par son chagrin et son ressentiment contre ceux dont sa chère princesse n'avait pas été aimée. Jusqu'à preuve du contraire, Oriane était même décidée à ne pas croire sa belle-mère capable de l'acte indigne que lui attribuait l'Italienne.

« Et puis je ne veux plus penser à tout cela ! »

songea la jeune femme en laissant retomber sa
tête sur le coussin du lit de repos.

Par les fenêtres ouvertes sur les beaux parterres qui formaient le jardin du petit palais, un
chaud soleil de mai entrait dans la grande pièce
décorée de meubles précieux, de somptueuses
tapisseries du xvie siècle. Il arrivait jusqu'à
Oriane, étendait une nappe lumineuse sur la
blanche mousseline de sa robe, faisait étinceler
les gemmes qui ornaient ses mains croisées. Les
yeux songeurs et souriants se fixaient machinalement sur les parterres fleuris, sur les statues, les
gerbes d'eau irisées retombant dans les bassins
de marbre. Oriane pensait à l'enfant attendu. Et
le sourire, tout à coup, disparut de ses yeux.
Ce fut l'angoisse qui le remplaça. Oriane songeait : « Si jamais je ne lui donnais pas de fils,
qu'adviendrait-il ? Continuerait-il de m'aimer ? »

Etre délaissée ? Le voir se détourner d'elle ?
Oh ! qu'elle mourût plutôt avant de connaître
cela !

Mais qu'allait-elle imaginer ? Elle n'était pas,
pour Guido, une Annunziata, une femme épousée par raison d'Etat, pour perpétuer sa descen-
dance. Il avait choisi par amour Oriane de
Cormessan, la jeune étrangère échouée sur
l'Etat de Faldensten. Pour elle, il faisait fléchir
son orgueil, son implacable volonté. Pour elle, il
était bon, lui, l'homme si dur pour tous les
autres. Non, non, jamais elle n'aurait à redouter
de lui l'abandon, les dédains qu'avait connus la
pauvre Maria-Annunziata.

Aimery entra à ce moment et sa présence

acheva d'éloigner les pensées troublantes, les
inquiétudes qui venaient d'assombrir pendant quelques instants l'esprit de la jeune
femme.

TROISIÈME PARTIE

I

Le château de Palsheim avait été bâti à la fin du siècle précédent, sur l'emplacement d'un vieux logis féodal en partie ruiné. Il rappelait, par le style, les belles demeures construites en France vers cette époque. Le comte Tankred l'avait donné en apanage à son fils pour l'anniversaire de ses dix-huit ans, avec les terres et forêts qui en dépendaient. Magnifique présent, car ces terres étaient les plus fertiles de l'Etat de Faldensten et les forêts, à peu près inexploitées, devaient procurer sous une administration intelligente de superbes revenus. De fait, ainsi en avait-il été depuis que Guido était devenu le maître de Palsheim. Quant au château, il en avait fait à l'intérieur un chef-d'œuvre de somptuosité discrète, avec ce goût très sûr dont il était doué.

D'admirables jardins, un parc immense rejoignant la forêt complétaient la beauté et l'agrément de cette demeure princière où Guido et

Oriane avaient passé le premier mois de leur vie conjugale.

C'était alors la fin de l'hiver. La neige couvrait encore les parterres, la forêt, à leur arrivée. Mais tout était fleuri, tout s'épanouissait à la chaude lumière de printemps quand Oriane vit Palsheim où Guido la ramenait pour tout l'été cette fois.

Elle quittait avec joie la féodale résidence des comtes souverains — avec d'autant plus de joie qu'Aimery devait la rejoindre quelques jours plus tard et, avec lui, Agnele et Madalena.

Oui, elle avait obtenu que les deux enfants passassent l'été à Palsheim. Madalena, convalescente mais très faible encore, avait besoin d'un changement d'air. Guido s'était laissé convaincre de bonne grâce par la charmante avocate dont les requêtes n'avaient encore pas connu d'échecs près de lui et Benvenuta, stupéfaite, avait reçu d'Oriane l'ordre de tout préparer pour le départ des petites filles.

Stupéfaction partagée par la comtesse Leonora et toute la cour. Quoi donc ? Monseigneur Guido s'occupait de ses filles ? D'où lui venait cette subite sollicitude ?

Et la surprise augmenta encore quand on apprit que les comtesses Hélène et Ottilie étaient invitées par leur frère à venir passer une semaine à Palsheim.

L'idée qui se murmurait depuis quelque temps prit alors plus de consistance. Il apparut incontestablement que le comte Guido cédait en tout cela à l'influence, aux désirs de sa femme.

Oui, cette chose inouïe se produisait. Quelle

rage envieuse, dès lors, éprouva plus d'une âme
féminine ! Gisèle Feldwich avait laissé le marquis Favella retourner dans son pays sans lui
donner de réponse nette, en prétextant qu'elle
n'était pas encore décidée au mariage, mais, en
réalité, parce qu'elle espérait emporter par sa
beauté la faveur du futur souverain. Toutefois
les mois passant et le jeune seigneur loup ne
choisissant pas de favorite, elle et les autres
candidates comprenaient que la belle comtesse
Oriane restait une dangereuse et triomphante
rivale à laquelle, momentanément, monseigneur
Guido semblait vouloir demeurer fidèle.

Ce fut à la fin de juillet qu'Hélène et Ottilie
vinrent à Palsheim. L'archiduc Ludwig-Karl,
chargé par l'empereur d'une mission à la cour
d'Angleterre, devait remettre son mariage à
l'hiver. Répit de quelques mois pour Ottilie.
Oriane la trouva très amaigrie, nerveuse, très
mélancolique. En vain essaya-t-elle de la distraire. Hélène, un après-midi où elle se trouvait
seule avec sa belle-sœur, lui dit tristement :

— Vous êtes très bonne pour Ottilie, Oriane,
mais je crains bien que rien ne puisse la consoler. Elle va à ce mariage comme au pire martyre,
en conservant dans son cœur le souvenir de celui
qu'elle avait choisi. Je me demande si, en lui
imposant une telle union, monseigneur Tankred
ne la condamne pas à mort.

Il fallait qu'Oriane eût inspiré une bien grande
confiance à sa belle-sœur pour que celle-ci osât
prononcer de telles paroles, qui étaient un
blâme implicite à l'égard de son père.

— Hélas ! peut-être avez-vous raison, ma

chère Hélène. Mais comment empêcher ce malheur ? Il faudrait que l'archiduc renonçât de lui-même, et cela, nous ne pouvons guère nous y attendre.

Hélène dit avec quelque hésitation :

— Ne pourriez-vous essayer d'intéresser monseigneur Guido à cette douloureuse situation ?

Oriane secoua la tête.

— Je l'ai fait. Mais il juge impossible d'intervenir contre la volonté paternelle et, surtout, de provoquer une rupture avec l'archiduc. Toutefois, je lui en parlerai encore. Je voudrais tant que cette pauvre Ottilie fût préservée d'un pareil sort ! Quand elle ne se croit pas observée, elle a un air de tristesse, d'abattement qui me fait mal.

— Oui, elle souffre beaucoup et en silence. D'ailleurs, c'est ainsi que doivent souffrir les femmes, dans notre famille. Nous sommes habituées, dès l'enfance, à renfermer toutes nos impressions, à étouffer notre cœur, nos goûts, nos aspirations. Certaines y parviennent sans trop de peine… mais, pour d'autres… pour Ottilie dont la nature est sensible, ardente…

La voix de la jeune comtesse frémissait, une ombre douloureuse passait dans ses beaux yeux foncés.

Oriane mit sa main sur celle de sa belle-sœur.

— Hélène, vous aussi avez beaucoup souffert et souffrez encore ?

Un soupir gonfla la poitrine de la jeune comtesse.

— Oui ! dit-elle sourdement. Je n'étais pas faite pour l'existence que l'on mène au chapitre de Rupelsheim. C'est un véritable enlisement dans une vie morne, glacée, qui n'est ni celle du monde ni celle des monastères, mais participe un peu de chacune d'elles. Je n'ai pas d'affection autour de moi. Ma tante est bonne, mais froide. Pour les autres chanoinesses, je suis une comtesse de Faldensten, la future abbesse, à qui l'on témoigne tout le respect nécessaire, mais qui doit demeurer isolée dans sa grandeur.

Un rire douloureux s'étouffa dans la gorge d'Hélène.

— ... Ah ! combien de fois ai-je souhaité d'être l'humble femme que je rencontre parfois, dans nos rares promenades hors de Rupelsheim !... Une simple paysanne pauvrement vêtue, qui me regarde pourtant avec admiration et envie ! Avec envie ! Seigneur ! Seigneur !

De ses deux mains, elle cacha son visage frémissant, en répétant :

— Elle m'envie ! Hélas !

Oriane s'était jusqu'alors trop rarement rencontrée avec l'aînée de ses belles-sœurs pour bien la connaître. Aujourd'hui, elle voyait à nu cette âme douloureuse, qui laissait échapper son secret de souffrance. Ses doigts saisirent les mains brûlantes d'Hélène, les écartèrent doucement de la figure enfiévrée.

— Chère sœur, combien je vous plains ! Comme je voudrais adoucir votre épreuve !

Les yeux d'Hélène, pleins de larmes, s'attachèrent sur la physionomie émue où se voyait toute la compassion qui remplissait le cœur d'Oriane.

— Je vous remercie, Oriane. Je sens, je sais

que vous êtes admirablement bonne, loyale, délicate et capable en tout de me comprendre. C'est pourquoi je me suis laissé aller à crier devant vous ma souffrance. Jamais je ne l'ai fait devant personne d'autre. Ottilie m'aime, certes, mais nous sommes séparées depuis plusieurs années ; puis elle-même a bien assez de sa propre épreuve. Ma mère...

Ici, les lèvres d'Hélène se crispèrent, la voix prit un accent d'âpreté.

Entre ses mains, Oriane gardait celles de sa belle-sœur. Elle aussi avait les yeux mouillés en considérant cette belle jeune fille d'une si noble élégance, enveloppée dans son grand manteau de soie violette. En ses traits, elle reconnaissait une ressemblance avec Guido. Parfois, elle avait remarqué chez elle certain sourire qui rappelait celui que le seigneur loup réservait à sa femme.

— Le comte Tankred sera toujours inexorable, naturellement, pour vous obliger de succéder à votre tante ?

— Oh ! naturellement.

— Mais Guido, lui, peut-être...

Hélène eut un mouvement de surprise devant cette appellation familière qui échappait à Oriane.

— Monseigneur Guido ne peut avoir sur ce point d'autres idées, d'autre volonté. Au reste, qu'importe, maintenant... maintenant.

— Comment ? Vous avez vingt-quatre ans, vous pourriez vous marier...

— Me marier ? Oh ! non, jamais !

L'accent de protestation douloureuse, la brûlante rougeur du visage frappèrent Oriane. Mais comme Hélène n'ajoutait rien, elle ne voulut point, par discrétion, insister sur ce sujet.

« Sans doute elle aussi, pauvre Hélène, a-t-elle eu quelque inclination », songea-t-elle.

D'ailleurs, à ce moment, arrivait Aimery, car l'heure de la collation était proche. Avec lui et Mme de Freswitz, la dame d'honneur, les deux belles-sœurs se rendirent dans une salle de verdure. A peine s'y trouvaient-elles que parut le comte Guido, suivi de M. de Trenlau, son premier écuyer.

— La fraîcheur est agréable ici, dit-il en s'asseyant près de sa femme. Tu as bien fait de t'y installer, Oriane, car nous avons aujourd'hui une chaleur excessive.

— Nous venons d'y arriver seulement. Je causais avec Hélène et ne pensais plus à la chaleur.

— Vous parliez ? De quoi ?

Guido effleurait du regard la physionomie encore altérée de sa sœur.

— De nos goûts, de nos idées, répondit évasivement Oriane.

Elle se réservait de lui raconter, quand ils seraient seuls, ce qui, dans cet entretien, ne pouvait nuire à Hélène, car, autant que possible, elle ne voulait pas avoir rien de secret pour lui. Guido le comprit sans doute, car il n'insista pas.

Tandis que les maîtres d'hôtel servaient la collation, il demanda :

— Pourquoi Ottilie n'est-elle pas là ?

— Je ne sais, répondit Oriane. Sans doute s'est-elle retardée...

— La voici, dit Hélène.

Ottilie arrivait en compagnie de Mlle de Hadstein, sa demoiselle d'honneur. Elle était vêtue
de blanc et abritait d'une ombrelle claire sa belle
tête blonde. Toutes deux se hâtaient, le visage
empourpré par la chaleur et la crainte d'un
accueil tel que savait en faire le comte Guido,
quand il voulait témoigner son déplaisir.

— Je vous demande pardon, monseigneur.
La pendule de mon salon s'était arrêtée, balbutia Ottilie en saluant son frère.

— Tu es excusée pour cette fois. Mais fais
arranger ta pendule pour qu'elle soit d'accord
avec les exigences de l'étiquette.

Ce fut tout le reproche que reçut Ottilie, et
encore fut-il fait sur un ton exempt de cette
dureté trop habituelle au jeune comte. Hélène
eut, vers sa belle-sœur, un coup d'œil de reconnaissance émue. Car elle n'ignorait pas à qui
Ottilie et elle devaient attribuer un certain
changement dans la façon d'être de Guido à leur
égard.

II

Quand arriva octobre, le comte Guido ne
parla pas encore de retour à Tholberg.

Il se rendait de temps à autre à la Résidence,
pour traiter des affaires de l'Etat et voir son
père, dont la santé s'altérait très sensiblement.
Mais il y demeurait tout au plus deux jours et
retournait à Palsheim, où l'attendait la jeune

comtesse. Parfois, il invitait quelques personnalités de la cour à venir chasser avec lui. Ces
hôtes, au retour, racontaient que la comtesse
Oriane semblait admirablement bien portante et
très heureuse. Ils célébraient sa grâce et sa
beauté, sa vive intelligence, le charme de son
accueil avec d'autant plus d'enthousiasme qu'ils
faisaient ainsi leur cour au futur souverain qui,
maintenant, ne dissimulait guère que sa femme
représentait pour lui autre chose que la compagne asservie, abaissée, avec dédain, qu'avait été
Maria-Annunziata, qu'était la brillante Leonora
elle-même pour le comte Tankred.

Guido, avec Oriane, Aimery et les deux
petites comtesses, ne se réinstalla à Tholberg
qu'au milieu de novembre. Il avait retardé ce
retour le plus possible, par goût personnel pour
Palsheim et aussi pour complaire à Oriane qui
aimait beaucoup cette résidence. Mais l'état de
son père entrait dans une phase qui ne permettait guère d'espérer qu'il vécût au-delà d'un mois
ou deux. Cette fois, c'en était fini des chevauchées si chères au comte Tankred. Tout au plus
faisait-il, parfois, une courte promenade dans les
jardins, appuyé au bras de son premier écuyer.
Mais son orgueil, sa dureté ne fléchissaient pas
devant la mort prochaine. Il tenait toujours
hautainement à l'écart sa femme, ses filles et, si
parfois il considérait Oriane avec complaisance,
c'était en pensant à l'héritier désiré qu'elle allait
peut-être mettre au monde, au superbe rejeton
que serait le fils de deux êtres si beaux, si
parfaitement constitués.

La comtesse Leonora continuait de témoigner

à sa belle-fille une grande amabilité. Elle lui avait écrit plusieurs fois pendant son séjour à Palsheim et la froideur des réponses n'avait point paru la décourager. Pour Guido, elle se faisait plus humblement déférente, plus habilement adulatrice que jamais — sans doute en prévision du jour prochain où il serait le seul maître et réglerait à son gré le sort maternel.

— Figure-toi, Freihild, que je suis persuadée d'être exilée de Tholberg, dès que monseigneur Tankred sera mort! dit-elle un jour à sa dame d'honneur.

Elles se promenaient toutes deux dans le grand parterre, celui sur lequel donnait le Pavillon d'argent. Cette journée de fin novembre était admirable et la température d'une douceur telle que la comtesse Moldau avait rejeté en arrière son grand manteau de velours bleu turquoise bordé de fourrure. Leonora donnait le bras à sa confidente. Elle parlait à mi-voix, d'un ton âpre. Freihild, les traits tendus, les yeux cachés sous ses longues paupières ambrées, demeura un instant sans répondre. Elle dit enfin — et sa voix frémissait :

— Très probablement, si la comtesse Oriane le désire...

Un éclair passa dans le regard sombre de Leonora.

— Cette Oriane !

L'accent vibrait de haine.

— Aurait-on jamais pu imaginer pareille chose, de la part de monseigneur Guido? Qu'at-elle donc, cette Française, pour lui avoir inspiré un tel amour, pour l'ensorceler à ce point?

Freihild releva la tête, montrant un visage altéré, des lèvres crispées, des yeux brillants, une sorte de fièvre.

— Souvenez-vous de ce que je vous ai dit, madame, dès les premières fois où nous l'avons vue... Très vite, je l'ai jugée fort dangereuse. Sous une mine fière, réservée, se cachait une habileté consommée.

Leonora eut un sourire de moquerie.

— Non, non, ce n'est pas cela !... et tu le sais très bien. Elle a plu précisément à monseigneur Guido par ce manque d'habileté, cette absence de coquetterie qui avaient pour lui une saveur nouvelle. Quels que soient mes sentiments envers cette jeune femme, je lui rends justice à ce sujet. Fais comme moi, Freihild. Tout cela n'empêchera point que nous cherchions à la faire descendre de son piédestal, à la ramener au niveau des autres comtesses de Faldensten, dont aucune ne fut jamais traitée comme celle-là.

— Comment le pourrons-nous ? dit sourdement Freihild. Monseigneur Guido nous réduirait en poussière, si nous essayions de nuire en la moindre chose à sa belle Oriane.

Ces derniers mots sifflèrent entre les lèvres de la dame d'honneur.

— Patience ! Nous trouverons peut-être ! J'ai une idée, vois-tu...

A ce moment, le regard de Leonora fut attiré par l'apparition de deux petites filles, que suivait une femme vêtue de noir.

— Les filles d'Annunziata ! dit-elle à mi-voix. Oriane s'est posée comme leur protectrice et les voilà sorties de l'obscurité où le comte Tankred et leur père avaient décidé de confiner ces petites créatures débiles.

A la vue de la comtesse, Benvenuta avait fait un mouvement comme pour revenir en arrière. Sans doute jugea-t-elle que ce geste pourrait lui être reproché comme une impolitesse, car elle continua d'avancer derrière les petites filles. Mais ses traits se contractaient légèrement, ses yeux avaient une lueur de ressentiment en s'attachant sur Leonora.

La comtesse, un sourire aux lèvres, s'arrêta près de ses petites-filles.

— Je suis contente de vous voir, enfants...

Elle donnait une tape amicale sur la joue rose d'Agnele et se penchait pour mieux considérer les deux enfants.

— ... Vous avez bonne mine ! On voit que vous les soignez bien, Benvenuta !

— Je fais de mon mieux, madame ! répliqua Benvenuta sur un ton assez rogue. Mais c'est l'air de Palsheim surtout qui leur a fait un bien énorme.

— Ah ! en effet. C'est une heureuse idée de monseigneur Guido... et de la comtesse Oriane. Mais, maintenant qu'ils vont avoir un enfant — et surtout si c'est un fils — ils ne se soucieront peut-être plus guère de ces petites.

Le brun visage de l'Italienne eut un tressaillement et, dans ses yeux, Leonora vit une flamme de colère.

La comtesse Leonora hocha la tête, en prenant un air de compassion.

— Quel dommage, Benvenuta, que votre pauvre princesse n'ait pas donné un fils à monseigneur Guido, plutôt que ces deux filles, si gentilles soient-elles !

Le teint de Benvenuta devint pourpre.

— Elle le lui aurait peut-être donné si on ne l'avait pas fait mourir de désespoir !

La voix de l'Italienne tremblait de fureur mal contenue ; ses yeux, s'ils en avaient eu le pouvoir, auraient, en ce moment, pulvérisé Leonora. Mais la comtesse ne parut pas s'en émouvoir.

— Je sais à quoi vous faites allusion. Vous vous persuadez, ma pauvre femme, que c'est moi qui ai tué la comtesse Annunziata en lui apprenant qu'elle ne pouvait plus avoir d'enfant. Hélas ! elle l'aurait su bientôt par d'autres, et personne n'aurait pris les ménagements dont j'ai usé pour lui faire connaître son malheur. Non, Benvenuta, vous n'ignorez pas qui, en réalité, par son abandon et sa glaciale indifférence, est l'auteur de cette mort.

Benvenuta eut un involontaire regard d'effroi vers le château, et la comtesse Moldau elle-même jeta un coup d'œil dans cette direction — comme si toutes deux craignaient que les paroles prononcées ici parvinssent à l'oreille de la redoutable personnalité dont Leonora taisait le nom.

— Elle aurait peut-être vécu encore, malgré tout, balbutia Benvenuta.

En baissant la voix, presque jusqu'au murmure, la comtesse Leonora répliqua :

— Comment se pourrait-il qu'une comtesse de Faldensten vive, quand il est prouvé qu'elle

ne peut plus donner d'héritier mâle à son
époux ?

Benvenuta tressaillit, blêmit, en attachant sur
son interlocutrice des yeux pleins d'une interrogation angoissée.

Leonora lui frappa sur l'épaule, d'un geste
amical.

— Allons ! ne prenez pas ce que je vous dis au
tragique ! Ou plutôt, dites-vous bien que le
tragique est chose assez habituelle dans la maison de Faldensten. Mais la belle comtesse
Oriane n'a pas à en craindre la menace. Elle
paraît bien portante à souhait et donnera à
monseigneur Guido de nombreux enfants. Puis
elle est aimée, elle... Pauvre Annunziata !

Ces derniers mots furent prononcés sur un ton
de pitié mélancolique. Après quoi, la comtesse
se tourna vers ses petites-filles qui la regardaient
avec de grands yeux admirateurs chez Agnele,
un peu sombres et méfiants chez Madalena.

— Approchez-vous que je vous embrasse,
chères enfants... Freihild, regarde comme celle-
ci ressemble à son père ! Elle a ses yeux, ses
cheveux nuancés de fauve... et quelque chose de
son air... Laquelle est-ce ? Madalena ? Agnele ?

— Madalena, madame, répondit Benvenuta.

La comtesse leva vers le ciel un regard chargé
de regret.

— Dire que je connais si peu mes petites-
filles ! Hélas ! je n'ai jamais eu la permission de
m'en occuper... Continuez de les bien soigner,
de leur être toujours dévouée, Benvenuta. Elles
n'ont que vous — car ainsi que je le disais tout à
l'heure, la comtesse Oriane ne s'en souciera

peut-être plus beaucoup quand elle aura son enfant à elle.

Sur ces mots, Leonora, ayant adressé un geste bienveillant à l'Italienne, reprit le bras de Frei-hild pour continuer sa promenade.

— Cela peut toujours servir, d'exciter l'animosité de cette femme contre Oriane, dit-elle à mi-voix.

— D'autant que le terrain doit être favorable, si j'en juge par certains signes surpris sur sa physionomie.

— Oui, elle doit avoir une forte rancune contre celle que le comte Guido traite si différemment d'Annunziata. Qu'Oriane ait un fils, son ressentiment croîtra encore. Nous pourrons peut-être l'utiliser. Mais il y a autre chose. Nous avons toutes deux remarqué les regards d'ardente admiration que le marquis Favella, quand il ne se croyait pas observé, avait pour ma charmante belle-fille. Ne penses-tu pas qu'il serait possible d'utiliser cette passion ?

— Comment ? Don Emilio est à Rome et ne reviendra ici qu'au cas où la princesse Feldwich lui ferait connaître qu'elle est disposée à devenir sa femme.

— Eh bien ! Gisèle, conseillée par moi, s'y décidera bientôt, maintenant qu'elle comprend l'impossibilité d'arriver à son but près de monseigneur Guido. Une fois don Emilio ici, nous verrons à mettre en action un petit plan que nous aurons préparé. Qu'en dis-tu, Freihild ?

— Oh ! je serai tout entière avec vous, du moment où il s'agira de nuire à cette Française !

Une lueur de joie haineuse passait dans les yeux ardents de la dame d'honneur.

— ... Oui, vous pouvez compter sur moi, Madame ! Vous en voulez mortellement à votre belle-fille, pour sa beauté, pour sa jeunesse, pour son bonheur d'être aimée, comme aucune autre avant elle ne l'a jamais été par un comte de Faldensten. Mais ma haine, à moi, surpasse encore la vôtre, et il faut que je l'assouvisse, dussé-je en mourir...

La voix de la jeune femme restait basse ; mais les intonations en étaient si farouches, si étrangement violentes que Leonora ne put contenir un tressaillement.

— Tu me fais presque peur, chère ! murmura-t-elle.

Freihild eut un sourire où la raillerie se mêlait de satisfaction cruelle.

— Je vous ai déjà prouvé que je ne reculais devant rien quand il s'agissait de celui qui possède tout mon amour. Vous verrez ce que je sais faire pour abattre la femme qu'il m'a préférée, cette odieuse Oriane.

— Sois prudente, Freihild ! J'ai, depuis quelque temps, l'impression que nous sommes surveillées, espionnées... Monseigneur Guido est un terrible sphinx. On ne peut jamais savoir ce qu'il pense, ce qu'il observe, ce qu'il médite, sous son air de froideur railleuse. Ah ! vraiment, je frissonne en pensant que, bientôt, il sera tout à fait le maître !

Freihild répliqua avec une sourde violence :

— A moi, peu importe ! Je sens bien que, de toute façon, je n'ai rien à espérer de lui, qui m'a toujours considérée avec autant de mépris que la poussière foulée par ses bottes, même lorsqu'il daignait m'accorder quelque attention. Mais, de ce mépris, je me vengerai sur elle, qui ne le connaît pas — qui ne connaît que l'amour et l'estime de monseigneur Guido.

III

Un jour de décembre où tout était blanc de neige, autour de Tholberg, Oriane mit au monde un fils.

La nourrice, choisie entre vingt autres, porta le nouveau-né au comte Tankred, qui ne quittait plus son appartement. Il laissa voir une grande satisfaction devant ce bel enfant et quand il se trouva seul avec son fils, il déclara :

— Nous avions raison de nous féliciter de ce mariage, Guido ! Puisse mon petit-fils te ressembler, de toute manière !

Son affection orgueilleuse, concentrée sur un seul être, éclatait dans le regard attaché sur le hautain visage où les yeux seuls décelaient quelque chose du bonheur qui remplissait l'âme du jeune seigneur loup.

— Je regrette seulement, poursuivit le comte, que tu aies rompu avec nos traditions, pour l'éducation de cet enfant.

Il faisait allusion à une décision de son fils, par quoi le petit Ugo, au lieu d'être enlevé aussitôt à sa mère et remis aux soins d'une gouvernante, sous les ordres d'un gouverneur pris parmi les hauts dignitaires de la cour, devait rester près d'Oriane.

— Les traditions ne sont pas toujours bonnes à suivre, mon père. J'estime que rien ne vaut, pour un tout jeune enfant, la surveillance maternelle.

Le comte Tankred eut une grimace de mécontentement.

— Voilà à quoi je ne m'attendais pas de ta part, Guido ! Je croyais que nul, mieux que toi, ne tiendrait à maintenir toutes nos coutumes ancestrales.

— J'en maintiendrai du moins beaucoup, rassurez-vous. Ce n'est pas sous mon règne que les vassaux de Faldensten connaîtront la faiblesse du pouvoir.

— Oui, oui, je sais bien, cher fils, que tu seras toujours le maître inflexible, la volonté souveraine qui, seule, gouvernera cet Etat. Mais ne te laisse jamais entraîner, par quelque influence que ce soit, à atténuer cette inflexibilité, à faire fléchir la force de cette volonté...

— Que voulez-vous dire par là, mon père ?

Sous le regard altier, étincelant tout à coup, le comte Tankred hésita, se troubla.

— Mais... je...

— Vous avez un motif pour me faire cette réflexion. Lequel ?

— Il m'est revenu aux oreilles que, très amoureux de ta femme, tu montrais pour elle une complaisance inaccoutumée.

— Ah ! Qui donc vous a donné ce renseignement ?

Le coude appuyé au bras du fauteuil qu'il occupait, Guido attachait sur son père un regard froidement sarcastique.

— Quelques mots de ta mère, de la comtesse Moldau... J'ai su ensuite que d'autres personnes, à la cour, pensaient de même...

— Et se permettaient des réflexions sur moi, sur mes actes et ma vie privée. Fort bien ! La comtesse Leonora s'apercevra que mes complaisances pour ma femme ne m'empêcheront pas de montrer la même dureté dont firent preuve, à l'égard de leur mère, d'autres Faldensten. Quant à cette chère Freihild...

Un sourire de sardonique mépris acheva la phrase.

— ... Non, elle et d'autres n'auront pas le déplaisir de connaître une indulgence inspirée par Oriane, coupable, à leurs yeux, d'être trop belle, trop au-dessus d'elles, par les qualités du cœur et de l'âme... Je serai le maître implacable que vous souhaitez voir en moi, mon père.

La physionomie du comte Tankred se rasséréna.

— Je n'en doutais guère, mon enfant ! Tu es un vrai Faldensten, dans toutes les fibres de ton être. Punis donc ceux qui ont osé parler à ton sujet, répandre leurs sottes imaginations.

— Cela viendra en son temps. Je n'oublie jamais rien. Mais il me plaît parfois d'attendre, pour châtier.

— Comme le fauve attend, et s'amuse avant de dévorer sa proie ?... dit le comte Tankred avec un sourire approbateur. Ah ! tu es bien un seigneur loup, mon beau Guido !

Il tendit à son fils, qui se levait, une main jaunie, décharnée.

— Quand te reverrai-je ?

— Demain, mon père... ou ce soir, si vous le désirez.

— Oui, ce soir... Je n'ai plus beaucoup de temps à jouir de ta présence, Guido. Fais-m'en profiter davantage.

— Il en sera comme vous le souhaitez !

Aucune émotion ne venait changer la mine froide de Guido. Il pressa la main de son père et quitta la pièce, suivi du regard par le comte Tankred qui songeait : « Non, jamais cet homme-là ne subira l'influence d'une femme, même aussi belle et charmeuse que l'est Oriane ! »

Guido gagna directement son cabinet de travail, fit appeler un secrétaire et signa plusieurs papiers que celui-ci apportait. Il gouvernait seul, depuis son retour de Palsheim, et le comte Tankred, dans l'affaiblissement où le laissaient des crises de plus en plus fréquentes et douloureuses, ne voulait même plus qu'il lui rendît compte de ce qu'il décrétait et ordonnait.

Quand Guido quitta son cabinet, il se rendit près d'Oriane. Ottilie se trouvait là, venue pour féliciter sa belle-sœur et voir l'enfant. Après qu'elle eut rendu à son frère l'hommage accoutumé, celui-ci dit, en la considérant avec attention :

— Tu as de plus en plus mauvaise mine. Si tu continues de tant te tourmenter, tu tomberas sérieusement malade.

Une rougeur couvrit le visage pâli, émacié ;

les yeux bleus se détournèrent du regard scrutateur de Guido.

— Je ne puis m'en empêcher, monseigneur,
balbutia Ottilie.

— D'autres, avant toi, ont subi cette obligation de leur rang et de leur race. Tu peux, tu dois
faire comme elles.

Une lueur de révolte passa dans le regard
d'Ottilie, les lèvres fines se crispèrent comme
pour retenir un mot prêt à s'en échapper. Mais,
sans répliquer, la jeune fille s'inclina. Puis elle
embrassa Oriane et se retira.

— Comme vous lui avez dit cela durement,
Guido ! s'écria Oriane, d'un ton de reproche.
Elle est déjà si malheureuse !

— Elle le sera encore bien davantage si elle
va au sacrifice nécessaire avec un cœur sans
énergie, une santé minée par le tourment.

— Croyez-vous donc que l'on peut ainsi com-
mander à son cœur, jusqu'à le rendre insensible ? Moi, si j'étais à la place d'Ottilie, je serais
peut-être déjà morte d'angoisse et de chagrin !

Guido, qui s'asseyait près du lit de sa femme,
prit la main de celle-ci et y appuya longuement
ses lèvres.

— Toi, tu es une sensitive.

— Elle aussi. Elle souffre certainement beaucoup et d'autant plus qu'elle renferme cette
souffrance. Depuis quelque temps, elle semble
singulièrement nerveuse et je lui trouve un air
plus sombre, plus soucieux, plus fermé.

— Je ne peux rien changer à ce qui est décidé,
ma chère Oriane. Je t'ai expliqué pourquoi.

Seul, un événement imprévu, hors de notre
volonté, rendrait possible une rupture.

— Je vais prier chaque jour pour qu'il se
produise !

Guido sourit, en répliquant :

— Libre à toi. Je ne t'en blâme point et je
voudrais pouvoir te satisfaire sur ce sujet-là,
comme sur d'autres... Voici, Oriane bien-aimée,
quelques grâces accordées à des condamnés, en
l'honneur de la naissance de notre fils.

D'une poche de son habit, il sortit les papiers
signés tout à l'heure par lui et les mit entre les
mains de la jeune femme.

— Oh ! merci, merci ! Que vous êtes bon de
me donner cette joie !

Ses beaux yeux d'un bleu si profond le considéraient avec une ardente tendresse. Il étendit le
bras, en entoura le cou d'Oriane et appuya son
visage contre la chevelure soyeuse, délicatement
parfumée.

— Mon cher amour ! Je te donnerai toutes
celles qui seront en mon pouvoir.

Avec un sourire de bonheur, Oriane
murmura :

— J'en ai déjà beaucoup reçu de vous,
Guido !

IV

Chaque année, le 10 janvier, anniversaire de
naissance du comte Tankred, avait lieu à Thol-

berg une grande réception. Il exigea qu'il ne fût rien changé de cette coutume et qu'on donnât à cette fête l'éclat accoutumé, car elle devait en même temps célébrer la naissance de son petit-fils. Lui, n'y assisterait pas, son état, sans empirer de façon très sensible, demeurant à la merci d'une aggravation subite.

Mlle Clorinde se donnait fiévreusement au travail minutieux que demandait la toilette de la comtesse Oriane. Elle avait revu un jour près de celle-ci monseigneur Guido, qui lui avait promis une magnifique récompense si cette toilette lui agréait — c'est-à-dire si elle rendait sa femme plus belle encore, belle et parée mieux qu'aucune autre. Mlle Clorinde l'avait bien compris ainsi. Et elle combinait, exécutait une merveille, se réjouissant de voir combien la jeune comtesse paraissait heureuse près de ce redoutable comte Guido qui semblait, vraiment, l'aimer ardemment.

Oriane, en attendant de pouvoir reprendre ses promenades à cheval, sortait chaque jour en voiture avec son frère ou ses petites belles-filles. Celles-ci, et surtout Madalena, lui témoignaient la plus vive affection. Oriane s'occupait d'elles avec sollicitude, s'ingéniant, discrètement, à éveiller l'intérêt du père pour les petites dédaignées. Elle y avait réussi quelque peu depuis le séjour à Palsheim, où Guido avait eu occasion de voir assez fréquemment les deux enfants près de sa femme. Non qu'il éprouvât quelque affection pour elles — c'eût été trop demander pour le moment à un homme dont le cœur si longtemps inaccessible s'était exclusivement donné à

Oriane. Mais il réalisait tous les désirs de la jeune femme à leur sujet, acceptait qu'elles parussent parfois en sa présence et s'intéressait à l'intelligence très vive de Madalena, à sa ressemblance physique avec lui, qui devenait frappante. De leur côté, les enfants ne tremblaient plus devant lui, encouragées par le sourire, le doux regard de leur belle-mère. Elles disaient à Benvenuta :

— Quand Mme Oriane est là, nous n'avons presque plus peur de monseigneur Guido.

L'Italienne, lorsqu'elle entendait des réflexions de ce genre, serrait nerveusement les lèvres et son regard noir décelait les sentiments de son âme violente, où la rancœur du sort douloureux qui avait été celui de sa chère princesse, pendant quelque temps assoupie, se réveillait sous l'aiguillon de la jalousie. Car la tendresse des enfants pour leur belle-mère lui portait ombrage. Puis n'était-ce pas affreux de voir le bonheur triomphant de cette jeune femme, épouse et mère comblée, alors que la comtesse Annunziata avait péri victime du féroce égoïsme de monseigneur Guido ?

Quand ces pensées venaient à Benvenuta, elle haïssait Oriane, en dépit de tout ce que lui devaient Agnele et Madalena.

Un après-midi de janvier, en venant conduire les deux enfants chez la jeune comtesse, elle trouva celle-ci assise près du foyer, tenant sur ses genoux le petit Ugo. Oriane dit gaiement :

— Voyez comme il est beau, mon chéri, Benvenuta !

Elle élevait un peu l'enfant pour le montrer à

l'Italienne. Celle-ci blêmit et maîtrisa avec peine un mouvement de recul. Elle répondit, la voix un peu assourdie par une colère contenue :

— Très beau, madame... Monseigneur doit être satisfait. Il ne dira pas, comme après la naissance des petites comtesses : « Cette femme-là ne me donnera que des avortons. »

Oriane tressaillit, en jetant un regard de surprise sur le visage crispé, sur les yeux où passait une lueur mauvaise.

— Que racontez-vous là, Benvenuta ?

— La vérité, madame !... rien que la vérité. A la fin, il faut qu'elle sorte ! Il faut que je parle ! La comtesse Annunziata a été condamnée à mort le jour où elle a mis au monde ses petites filles.

— Taisez-vous !

Oriane se levait, tremblante d'indignation.

— ... Comment osez-vous parler ainsi ?

— Parce que c'est la vérité, je le répète ! Depuis, j'ai appris que, dans la maison des Faldensten, les femmes qui ne pouvaient donner d'enfants à l'héritier ou dont on craignait qu'elles missent au monde des enfants mal conformés, débiles, avaient eu toutes une courte existence.

Oriane étendit la main vers la porte.

— Sortez d'ici, Benvenuta ! Je veux bien vous pardonner le mauvais sentiment qui vous fait répéter ces odieuses calomnies. Mais songez que, si quelqu'un d'autre les avait entendues et rapportées à monseigneur Guido, rien ne pourrait vous sauver de sa colère.

L'Italienne, à ces mots, devint livide. Empor-

tée par la fureur jalouse, elle avait tout oublié —
tout, même le terrible seigneur comte et le
châtiment épouvantable qui tomberait sur elle,
si jamais il savait que, par méchanceté, elle avait
révélé cette criminelle coutume des Faldensten à
la jeune femme aimée de lui. Subitement tremblante, elle courba la tête et, sans mot dire,
quitta la pièce.

Oriane se tourna vers les petites filles qui
avaient écouté, surprises, inquiètes, sans comprendre.

— Vos jouets sont dans le salon à côté, mes
mignonnes. Allez vous amuser. Tout à l'heure,
Aimery viendra et vous emmènera faire un tour
dans le jardin, par ce beau soleil d'hiver.

Puis elle s'assit, en pressant contre elle le petit
Ugo. Un frisson l'agitait. Les paroles de cette
femme avaient jeté un froid en elle, bien qu'elle
n'y crût pas. Oh ! non, pas pour Guido, du
moins !

Certes, elle se doutait qu'il avait dû se passer
bien des drames plus ou moins mystérieux, dans
cette famille de Faldensten. Guido ne l'avait pas
nié, d'ailleurs, un jour où elle l'interrogeait à ce
sujet.

— Oui, il y a eu de nombreuses tragédies,
dans le passé de notre race. Mais il est inutile
que je te les fasse connaître, ma sensible Oriane.
Tu serais capable d'en rêver, entre les murs de
ce château qui fut la demeure préférée des
Faldensten, depuis des siècles, et où je te veux
heureuse, paisible, assurée que le drame n'en-
trera pas dans ton existence.

Oriane n'avait pas insisté. Mais, plus d'une

fois, elle avait pensé avec un frisson d'angoisse à ces drames inconnus, à ces mystères de Thol-berg, aux crimes peut-être perpétrés sous le nom de jugement, dans cette partie appelée le « Vieux Château » où se trouvaient les prisons et le lieu des exécutions, où existaient, lui avait dit un jour Ottilie, plusieurs étages de cachots creusés dans le roc, et des oubliettes, des puits insondables.

« Quand Guido régnera, toutes ces horribles choses n'auront plus de raison d'être ! » songea-t-elle avec soulagement.

Mais, en attendant, il y avait peut-être encore des victimes innocentes, ou des coupables trop durement frappés, dans ces prisons de Tholberg ou dans cette sinistre forteresse de Golthen, aperçue plusieurs fois au cours de ses promenades. Guido, sur sa prière, avait consenti à signer quelques grâces. Elle savait pouvoir en obtenir d'autres. Mais comment connaître les malheureux enfermés dans les geôles des comtes de Faldensten ? Guido seul en avait le moyen. Peu à peu, elle l'obtiendrait de lui.

Oui, il ne serait pas un souverain sans justice et sans conscience, comme beaucoup de ses ancêtres, ce Guido orgueilleux par nature et par éducation, mais dont l'âme non irrémédiable-ment endurcie conservait une certaine noblesse. Aussi, ne doutait-elle pas un instant qu'il fût incapable de ce dont l'accusait Benvenuta.

L'odieuse femme ! Elle ne pourrait plus la revoir !

Le petit Ugo s'endormait entre les bras que sa mère serrait autour de lui. Oriane le couvrit d'un tendre et long regard, en songeant : « Mon petit enfant, je ne veux pas que tu sois un seigneur loup ! Je combattrai en toi cet orgueil héréditaire. Oui, je le ferai, avec l'aide divine. Et j'espère que tu auras l'âme loyale de ton père, avec son horreur de toutes les hypocrisies, de toutes les bassesses. »

A ce moment, parut la dame d'honneur qui venait chercher l'enfant pour le rapporter à sa nourrice. Puis vint Aimery auquel Oriane confia le soin de promener un instant les petites filles et de les ramener à leur appartement. Car il fallait qu'elle s'habillât pour une petite réception donnée aujourdh'ui chez elle et où devait lui être présenté un parent de la comtesse Leonora, le prince Lorenzo Faldecchi, venu de Naples avec sa femme pour assiter à la fête du surlendemain.

La jeune comtesse, dans ces occupations, essayait de chasser la hantise des paroles de Benvenuta. Elle le voulait d'autant plus qu'il ne fallait pas que Guido surprît un nuage dans son regard, car il exigerait, amoureusement mais impérieusement, qu'elle lui en donnât l'explication. Et c'était là chose impossible, sans attirer sur Benvenuta une punition terrible. Puis elle ne voulait pas... non, elle ne voulait pas soulever un pareil sujet avec lui !

La réception avait lieu dans les deux principaux salons du petit palais, dont l'un, décoré de fort belles fresques italiennes, était appelé « la salle de Troie ». Le peintre avait en effet représenté, sur les murs et dans la coupole, des épisodes de la célèbre guerre. Ce fut là qu'Oriane reçut les hommages des courtisans, d'autant plus empressés auprès d'elle que le comte Guido, depuis la naissance de son fils, montrait mieux encore en quelle haute faveur il la tenait.

Successivement parurent les comtesses Leonora et Ottilie, avec leurs dames d'honneur, puis le prince Faldecchi et sa femme. Don Lorenzo était un homme jeune encore, de belle prestance, de physionomie intelligente et noble. La princesse, point jolie, avait beaucoup de grâce. Tous deux plurent à Oriane qui leur fit le plus aimable accueil. Après eux, vint s'incliner devant elle le marquis Favella. La comtesse Leonora avait glissé à l'oreille de sa belle-fille :

— J'ai décidé Gisèle à le faire revenir, car je crois que nous célébrerons bientôt les fiançailles.

En souriant, Oriane offrit sa main à baiser au jeune Romain et dit aimablement :

— Vous nous faites plaisir en revenant parmi nous, don Emilio.

— C'est pour moi, madame, un grand honneur… et un bonheur.

En redressant son buste incliné, le marquis regardait Oriane. Elle vit luire, dans ces yeux foncés, une flamme qui lui fut si désagréable qu'elle se contint pour ne pas baisser les siens. Mais, de nouveau, don Emilio s'inclinait et s'écartait, laissant la place à l'abbesse et à la comtesse Hélène qui entraient, précédées du chambellan.

Oriane se leva pour aller au-devant d'elles. En embrassant Hélène, elle fut frappée de sentir sa joue glacée. Puis, la regardant, elle vit une figure singulièrement altérée, des yeux inquiets, douloureux, qui semblaient attendre quelque pénible vision.

Et ces yeux, elle les vit se diriger vers un homme debout à quelques pas de la comtesse Leonora : Lorenzo Faldecchi. Son rapide coup d'œil lui montra la physionomie tendue, frémissante du prince. Elle eut aussitôt l'intuition du drame intérieur qui s'était passé autrefois entre les deux jeunes gens. C'était là le douloureux secret d'amour de la pauvre Hélène.

Quand le prince Faldecchi vint saluer la jeune chanoinesse, toute trace d'émotion semblait avoir disparu chez lui. Elle, le teint un peu coloré, une légère fièvre dans les yeux, lui donna sans un mot sa main à baiser. Puis elle adressa quelques paroles aimables à la princesse et alla s'asseoir près d'Ottilie.

Quand Oriane eut repris sa place, Leonora se pencha vers elle pour lui demander :

— Verrons-nous monseigneur Guido, cet après-midi ?

— Je le pense, madame. Du moins quelques instants... Mais il a donné ordre qu'on ne l'attende pas pour la collation.

Cette nouvelle ne parut pas déplaire à la comtesse. Depuis quelque temps, l'habituelle froideur de son fils, pour elle, devenait glaciale et elle avait grand-peine à dominer une terrible impression de gêne et d'angoisse en présence de ce sphinx dont elle dépendrait complètement dans peu de temps.

La conversation devint bientôt générale, dans le salon de Troie. Oriane, écartant ses préoccupations, s'intéressait aux controverses littéraires du prince Faldecchi et de don Emilio Favella, tous deux fins lettrés. Elle-même y prit part, montrant un esprit délicat, une intelligence bien cultivée par les soins, d'abord, de Mlle Elisabeth et ensuite par les entretiens et les lectures avec son mari. La comtesse Leonora, contre sa coutume, parlait peu et presque uniquement pour approuver tantôt sa belle-fille, tantôt l'un ou l'autre des interlocuteurs. Tout en jouant négligemment avec une longue chaîne d'opales qui tombait sur sa robe de velours violet, elle ne quittait guère des yeux la physionomie mobile de don Emilio et semblait noter avec soin le changement du regard, chez le jeune Romain dès que celui-ci l'attachait sur Oriane.

Comme on se levait pour passer dans la pièce voisine où était servie la collation, ce fut elle, cependant, qui prit la parole.

— Avez-vous remarqué ces fresques, Lorenzo ? Elles sont l'œuvre d'un peintre milanais, Pietro Salvi. Le comte Walter II — ceci se passait à la fin du xvie siècle — le fit venir pour décorer cette salle. Sa femme, la comtesse Marguerite, de la maison de Lorraine, elle-même artiste, s'intéressait beaucoup au travail de l'étranger, qui était jeune et charmant. Puis, l'exemple de la belle Hélène, dont Pietro retraçait l'histoire sur ces murs... Bref, Marguerite et lui disparurent un beau jour. C'est le seul fait de ce genre qui existe dans la chronique de la maison de Faldensten. On n'entendit plus parler des coupables, lesquels, disaient certains, ayant réussi à s'enfuir, avaient échappé à la vengeance

de Walter II, tandis que d'autres prétendaient
que cette vengeance s'était accomplie.

— Ces fresques sont un beau travail, déclara
le prince Faldecchi. La figure d'Hélène est
singulièrement vivante... et le modèle était charmant.

A ce moment, une porte fut ouverte et le
chambellan annonça :

— Sa Grâce Sérénissime monseigneur le
comte Guido.

Ce fut, pendant quelques instants, un grand
mouvement de révérences et d'hommages. Puis
le comte, s'adressant à son cousin Faldecchi et
au marquis Favella, demanda en souriant ironi-
quement :

— Vous admiriez la fatale Hélène, quand je
suis entré.

— Oui, monseigneur, répondit don Lorenzo.
Et nous écoutions l'histoire de son imitatrice, la
comtesse Marguerite.

— La seule des comtesses de Faldensten qui
ait trahi l'honneur conjugal.

— Vraiment, put-elle échapper à la colère de
son mari ? demanda Oriane.

— Qui t'a raconté cela ? Je sais bien qu'on l'a
dit, mais c'est faux. Ils réussirent à fuir hors de
l'Etat de Faldensten, gagnèrent l'Italie où ils
furent rejoints par un émissaire du comte Walter, qui les ramena ici.

— Et ensuite ?

— Eh bien ! ensuite, ils reçurent la punition
qu'ils méritaient.

Ces mots furent prononcés d'un tel accent que

tous, et Oriane elle-même, frissonèrent à cette implacable comdamnation des coupables.

— J'ignorais qu'il y eût certitude sur ce point, dit la comtesse Leonora.

— Vous ignorez beaucoup d'autres choses que, seuls, connaissent les chefs de notre maison, répliqua Guido avec une sécheresse railleuse. Nous avons nos secrets d'Etat et de famille, dont quelques-uns vous ôteraient à jamais le sommeil, si je vous les disais.

Leonora contint avec peine un tressaillement à ces paroles qui, dans la disposition d'esprit où elle se trouvait, lui donnait l'impression d'une menace.

— Oh ! monseigneur, à ce point ? dit Oriane.

Il y avait de l'effroi dans sa voix et dans le regard que rencontrait Guido.

Il sourit de nouveau, cette fois sans ironie.

Le dur éclat de ses yeux s'atténua, tandis qu'il répliquait :

— Mettons que j'exagère un peu. Au reste, tout cela est du passé... Pour en revenir au sujet de cette fresque, je vous engage, messieurs, à vous défier d'Hélène, toujours vivante, jusqu'à la fin des siècles, immortelle tentatrice dont la conscience est chargée de tant de victimes. Ce fut devant son image que la comtesse Marguerite et Pietro conçurent la pensée de leur faute. Méditez cet exemple, et dites-vous bien que la femme est la pire chose qui soit au monde, dès qu'elle n'en est pas la plus noble et la plus charmante, moralement parlant.

Il avait repris son ton sarcastique, son air d'altière moquerie. Autour de lui les femmes courbaient la tête, presque toutes avec confusion et humilité. Elles savaient bien que monseigneur Guido, sous une apparence de plaisanterie, pensait ce qu'il disait là et que, seule, trouvait grâce à ses yeux cette jeune femme, « la plus noble et la plus charmante », qui se tenait près de lui, digne et fière.

Pendant la collation le comte ne laissa plus paraître sa verve sardonique et s'entretint longuement des nouvelles politiques d'Europe avec le prince Faldecchi. Il fut beaucoup question de la France, où la chute de Robespierre avait amené, quelques mois auparavant, la fin de la Terreur.

— Pensez-vous que les émigrés pourront bientôt rentrer, prince ? demanda Oriane qui écoutait avec un vif intérêt.

— Bientôt, j'en doute, madame. La situation paraît encore fort troublée.

La comtesse Leonora demanda sur un ton de badinage :

— Vous n'avez pas l'intention, chère enfant, de fuir Faldensten pour regagner votre domaine de Pierre-Vive ?

— Fuir Faldensten ?

Un rire très doux venait aux lèvres d'Oriane. Entre les cils mi-baissés, un chaud regard se glissa vers Guido, rencontra la lueur dorée des yeux qui souriaient.

— ... Oh ! madame, je n'aurais pas ce courage ! Tout simplement, j'attendrai qu'il plaise à monseigneur Guido de m'y conduire, quand il sera possible de revendiquer notre bien.

— Je le ferai, en effet, dit le comte.

Sur ces mots, il se leva pour passer dans le salon de Troie. Peu après, il le quitta avec Oriane et, en même temps, s'éloignèrent la comtesse Leonora, ses filles, l'abbesse, ainsi que les invités.

Quand elle fut seule avec sa dame d'honneur, Leonora dit avec un accent d'effroi :

— Oh ! Freihild, qu'il me fait peur !... J'ai l'impression qu'il pénètre nos pensées, qu'il soupçonne notre haine contre sa femme. Jamais je n'oserai...

— Moi, j'oserai tout ! répliqua farouchement Freihild. Oui, tout, plutôt que de continuer à voir l'insolent bonheur de cette Oriane !

Celle dont la comtesse Moldau parlait ainsi était en ce moment assise près de Guido, dans le salon de Jacob où il l'avait accompagnée en quittant leurs hôtes. Elle lui disait la pensée qui l'avait frappée, en voyant Hélène et le prince Faldecchi.

— Oui, don Lorenzo a, en effet, demandé la main d'Hélène, il y a huit ans, répondit Guido. Mais mon père refusa, puisque sa fille aînée était destinée à devenir abbesse de Rupelsheim, après la mort de Mme Theodora.

— Et elle l'aimait, sans doute ?

— Je l'ignore.

— Oui, en effet, nul ne s'est inquiété de cela... ni de savoir si on ne lui infligeait pas là une souffrance inguérissable, dit Oriane avec amertume.

— Une souffrance inguérissable ? En vérité, je...

Mais Guido s'interrompit, et la raillerie un instant apparue dans son regard s'effaça.

— Non, je n'ai plus le droit de dire — comme je le faisais auparavant — que je ne crois pas à ce genre de souffrance. Je n'en ai plus le droit depuis que je t'aime, Oriane.

— Mon cher seigneur ! murmura Oriane en laissant retomber sa tête sur l'épaule de son mari. Vous ne m'oublieriez pas trop vite, si je vous étais enlevée ?

— T'oublier ! Ah ! tu ne peux savoir ce que tu es pour moi !

Elle eut un long frisson de bonheur à cette protestation passionnée. En relevant la tête, elle rencontra un regard plus éloquent encore que les paroles. Guido sourit et demanda :

— Toi non plus, tu ne m'oublierais jamais ?

— Oh ! mon Guido bien-aimé !

— Tu n'auras jamais envie d'imiter la comtesse Marguerite, de criminelle mémoire ?

Il continuait de sourire et ce fut sur le même ton qu'Oriane répondit :

— Je pense que vous n'en doutez pas ?

— En effet, pas le moins du monde. Et en quelque circonstance que ce soit, j'aurais confiance en toi, Oriane. Je demeurerais persuadé que tu ne peux trahir ton devoir.

V

La fête donnée pour célébrer la naissance de l'héritier de Faldensten devint, en réalité, une apothéose pour la comtesse Oriane.

Ce fut un éblouissement quand elle parut près du comte Guido, dans la galerie de porphyre magnifiquement illuminée. Le brocart blanc de sa robe ruisselait de perles et de diamants formant une merveilleuse résille, qui se répétait au corsage, autour de la blancheur nacrée des épaules. Sa récente maternité semblait avoir encore augmenté la splendeur d'une beauté que l'on proclamait auparavant incomparable. Souriante, les yeux éclairés d'une chaude lumière, elle accueillait avec une grâce souveraine les hommages qui s'empressaient autour d'elle, tels que n'en avait jamais reçu aucune comtesse de Faldensten. Car on savait maintenant plaire par-là à monseigneur Guido.

La comtesse Leonora, délaissée, gardait une mise sereine et accueillait avec une parfaite bonne grâce les personnes qui, après avoir fait leur cour à sa belle-fille, se décidaient à la venir saluer. Freihild, très en beauté dans une robe de soie jaune brochée d'argent, causait avec entrain et semblait d'une gaieté extrême. Comme le marquis Favella passait non loin d'elle, à un moment, elle l'appela, en agitant légèrement son éventail.

— Etes-vous à la recherche de la princesse

Feldwich, don Emilio ? Je la crois dans le salon des Bergeries, avec la comtesse Ottilie.

— Non... pas précisément. J'allais vers la galerie...

— Pour admirer encore notre belle comtesse ?

Freihild faisait quelques pas vers don Emilio, en parlant ainsi. Elle posa, sur le bras du jeune homme, son éventail fermé en ajoutant à mi-voix, avec un accent d'ironie :

— C'est une occupation dont vous ne vous lassez pas, marquis Favella ?

Il tressaillit légèrement, sous le regard de la dame d'honneur, et répliqua avec un sourire forcé :

— Comme tous ici, madame. Il n'y a certainement qu'une voix pour la déclarer un chef-d'œuvre de la création.

— Oui, évidemment... Don Emilio, venez avec moi au cabinet des Laques. Je veux vous montrer un bronze qui est une pure merveille !

Non sans que sa physionomie témoignât quelque surprise, le marquis Favella offrit son bras à la jeune femme. Ils passèrent au milieu de la foule des courtisans qui emplissait la galerie et les salons voisins. Dans un de ceux-ci, les comtesses Hélène et Ottilie s'entretenaient avec plusieurs personnes, parmi lesquelles se trouvait le prince Faldecchi.

— Cette pauvre comtesse Hélène a, aujourd'hui, presque aussi triste mine que sa sœur ! dit Freihild, avec un petit rire railleur. C'est qu'on lui retourne le fer dans une plaie encore vive, malgré les huit ans écoulés.

— Comment cela ?

— Par la présence de don Lorenzo. Tous deux s'aimaient. La raison d'Etat les sépara. La comtesse Hélène devint la coadjutrice de l'abbesse, comme toutes les filles aînées de Faldensten, et le prince, il y a deux ans, épousa une parente du roi de Naples.

— Croyez-vous qu'ils s'aiment toujours ?

— J'en suis persuadée. La comtesse Leonora aussi, d'ailleurs.

Ils arrivaient au seuil d'une petite pièce décorée d'admirables laques chinois, de porcelaines, de bronzes, de soieries provenant de l'Extrême-Orient. Freihild continua en prenant un ton de badinage :

— Puisque nous parlons amour, don Emilio, dites-moi donc si je me trompe en pensant que Gisèle Feldwich vous est à peu près indifférente ?

Don Emilio protesta, sans chaleur :

— Vous vous trompez, madame. J'apprécie fort sa beauté, son intelligence. Du reste, je l'ai prouvé en demandant sa main, et vous savez que l'ajournement de la décision n'est pas venu de moi.

— Je sais. Mais je n'ignore pas davantage que l'amour n'est pour rien dans votre résolution d'épouser Gisèle. Votre cœur est tout occupé d'une autre femme, don Emilio... Et celle-là est inaccessible pour vous.

Ils s'étaient arrêtés au milieu du cabinet des Laques, en ce moment désert.

Le marquis tressaillit de nouveau, en jetant un regard à la fois inquiet et intéressé sur le fin visage ambré, sur les yeux noirs brillants qui le dévisageaient avec hardiesse.

— Que voulez-vous dire ? Qu'imaginez-vous, madame ?

Freihild leva les épaules.

— Vous ne pouvez nier, don Emilio. Vos regards parlent pour vous, quand vous les attachez sur elle. En passant, je vous donne un conseil : méfiez-vous, car son seigneur et maître est terriblement perspicace. Mais enfin, il ne l'est peut-être pas autant que la comtesse Leonora et que moi, qui avons deviné votre secret dès le premier séjour que vous fîtes ici.

Le marquis Favella, fronçant les sourcils, serrant la bouche, considérait la jeune femme avec une évidente colère qui amena un rire moqueur sur les lèvres de Freihild.

— On croirait que vous allez me dévorer ! Craignez-vous que j'aille conter ma petite découverte à monseigneur Guido ? Je m'en garderais bien ! Et tout autant que moi, Mme Leonora, qui a pour vous grande sympathie.

Après quelques secondes de silence, elle ajouta, en baissant la voix jusqu'au murmure :

— Vous aimez la comtesse Oriane comme un insensé... Vous seriez prêt à commettre les pires imprudences, dans l'espoir qu'elle acceptât de répondre à cet amour.

— Vous avez beaucoup d'imagination, comtesse !

Don Emilio essayait de sourire avec ironie. Mais sa voix, sourde et frémissante, témoignait de son émotion.

Freihild secoua la tête.

— Non, je vois clair... Et si je vous disais aussi que votre passion devinée ne laisse pas complètement insensible celle qui en est l'objet ?

Don Emilio eut un sursaut, un éclair dans le regard.

— Comment savez-vous ?... Non, ce n'est pas possible ! Elle est, naturellement, très amoureuse de son mari.

— Aussi ne vais-je pas dire qu'elle l'est de vous — pour le moment du moins. Mais elle a un cœur tendre et influençable et il suffirait peut-être que vous lui fassiez connaître votre passion pour qu'elle en fût émue, touchée... Puis, il est toujours agréable à une femme de voir qu'elle a pris le cœur d'un homme de votre valeur, don Emilio.

Le marquis Favella était doué d'une intelligence brillante, mais d'un jugement assez court et d'une fatuité extrême. Avec des flatteries, on le menait où l'on voulait, comme l'avait vite compris l'habile Freihild. Oui, on pouvait même arriver à lui persuader qu'une femme amoureuse du comte Guido de Faldensten et aimée de celui-ci pouvait accueillir avec ferveur la recherche d'un Emilio Favella. La comtesse Moldau n'en douta pas en voyant le soudain changement de sa physionomie, en entendant sa réplique faite d'un accent où vibrait la joie !

— Je n'osais l'espérer. Non, vraiment, madame...

— Je la connais assez maintenant pour vous dire que cet espoir n'est peut-être pas une chimère, don Emilio. Mais il faudrait que vous eussiez l'occasion de la voir seule, pour plaider votre cause. Ce serait difficile, si quelque amitié ne vous y aidait.

— Quelque amitié ?

— Oui, la mienne, si vous le voulez.

Une lueur de défiance passa dans l'esprit du marquis.

— Quel est votre intérêt en cela, madame ?

Freihild eut un rire bref.

— Oui, vous cherchez l'intérêt... et vous avez raison. Car naturellement, quelle que soit ma sympathie pour vous, je ne risquerais pas... ma tête si je n'avais un très grave motif personnel...

— Votre tête ?

— Ni plus ni moins ! Mais je suis résolue... car je veux essayer de détacher monseigneur Guido de sa femme, pour, ensuite, le reconquérir. Voilà mon intérêt dans l'aide que je vous propose, don Emilio. Détournez la comtesse Oriane de son devoir... vous travaillerez pour moi et pour vous.

— Ah ! je comprends ! murmura don Emilio.

Et après un court silence, il ajouta :

— Mais en admettant que je réussisse... après, qu'adviendra-t-il ? Le comte se vengerait terriblement sur sa femme et sur moi.

— Vous vous enfuirez avec elle... Je me charge de vous en procurer les moyens... Je me charge de préparer pour vous deux des occasions de rencontre, auparavant. Oui, à vous je demande seulement de débarrasser mon chemin de cette jeune femme. Est-ce trop ?

— Non, non ! Ce sera pour moi le bonheur...

un bonheur enivrant! Si vous croyez pouvoir
réussir, j'accepte, madame!

— Bien! Je vous informerai de ce que vous
aurez à faire, en temps voulu. Maintenant,
retournons là-bas pour qu'on ne remarque pas
une absence trop longue.

Au bras du marquis Favella, Freihild passa de
nouveau dans les salons pleins de courtisans,
pour gagner la galerie de porphyre. Prenant là
congé de son cavalier, elle retourna près de la
comtesse Leonora à qui elle adressa un signe qui
signifiait : « J'ai réussi. »

Oui, bien facilement, elle avait aveuglé
l'homme dont elle devinait qu'il ne connaissait
plus ni réflexion ni prudence, quand la passion
et la vanité le dominaient.

VI

Vers la fin de la matinée, le lendemain, Guido
entra dans la salle de Jacob où Oriane et sa
dame d'honneur travaillaient en causant.
Mme de Freswitz s'éloigna après une profonde
révérence et le comte s'assit près de sa femme.

— Il arrive une chose singulière, Oriane.
Ottilie demeure introuvable, ce matin.

— Comment, introuvable ?

La jeune femme regardait son mari avec
stupéfaction.

— Oui, quand ses femmes sont entrées chez
elles, la chambre était vide, le lit non défait.

— Par exemple ! Que veut dire cela ?

Subitement, la physionomie de Guido se durcit, tandis qu'il répliquait :

— Peut-être s'est-elle enfuie pour échapper au mariage avec l'archiduc... et pour essayer de rejoindre le comte Pelnoff.

— Oh ! le pensez-vous vraiment ?

— Qui sait ! dit brièvement Guido.

— Non, je ne puis m'imaginer... Et cependant...

— Quoi donc ?

Guido se penchait vers sa femme avec un regard interrogateur sur les beaux yeux où venait de passer une flamme.

— Eh bien ! je la comprendrais un peu dans une pareille situation... et j'aurais été capable de faire de même !

— Heureusement, moi seul t'entends parler ainsi, Oriane.

Il souriait, en attirant vers lui la tête de la jeune femme.

— ... Sais-tu que je devrais te punir très sévèrement pour l'approbation que tu viens de donner à un acte qui serait une révolte contre l'autorité du père et du souverain ?

Elle dit ardemment :

— Guido, je suis sûre qu'au fond vous comprendriez aussi qu'Ottilie ait agi de cette manière !

— Comme comte de Faldensten, comme futur souverain, je ne dois pas l'admettre.

— Vous ne « devez » pas, non... mais enfin, vous auriez de l'indulgence ?

— De l'indulgence, moi, pour cette faute ?

De nouveau, le visage reprenait sa dureté.

— Non, certes ! Jamais ! J'appliquerais impla-
cablement le châtiment habituel.

— Quel châtiment ?

— La prison perpétuelle pour elle, et la mort
pour celui qui aurait été son complice.

— La prison ? La mort ? Oh ! Guido, non,
vous ne seriez pas cruel à ce point ! Si vraiment
Ottilie avait fait cela, il y aurait tant de circonstances atténuantes !

— Il n'y en aurait pas pour moi.

— Je ne puis le croire ! Ce serait tellement
affreux !

— Eh bien ! n'y pense pas. Tu es ma bien-
aimée, que t'importe tout le reste ?

— Vous ne voudriez pas que je sois si odieu-
sement égoïste ? dit Oriane avec une vivacité où
entrait un peu de révolte.

— Toi, égoïste ? Non, en effet, cela te serait
difficile. Tu as le cœur trop sensible, Oriane,
Mais tu me plais ainsi...

A ce moment, un coup discret fut frappé et la
porte ouverte sur l'ordre de Guido laissa appa-
raître un page qui annonça :

— M. de Brensmark demande si Sa Grâce
Sérénissime veut bien le recevoir ?

— Oui. Qu'on le fasse entrer dans mon
cabinet.

Et s'adressant à sa femme, le comte ajouta, en
se levant :

— Je l'avais chargé d'une enquête immédiate
sur cette disparition. Sans doute a-t-il déjà
quelque chose à m'apprendre.

Oriane saisit la main de son mari, en levant sur lui un regard suppliant.

— Guido, si Ottilie s'est enfuie et qu'on la retrouve, vous ne serez pas trop sévère pour elle ?

— Mais, chère Oriane, c'est mon père qui la jugerait — et je t'assure qu'il ne sera pas disposé au pardon, quand il saura ! Car je ne lui ai encore rien appris, voulant connaître quelque chose de précis avant de lui donner cette désagréable émotion.

— Et Mme Leonora, le sait-elle ?

La lèvre de Guido eut un pli dédaigneux.

— Non... A tout à l'heure, Oriane.

Il se pencha pour lui mettre un baiser au front.

— ... Sois raisonnable, ne te fais pas de tourment au sujet d'Ottilie.

— C'est impossible ! Vous savez bien que c'est impossible !

— Oui, je sais bien que tu ne pourras jamais nous comprendre, nous autres, les seigneurs loups.

Il y avait une sorte d'altière amertume mêlée à quelque impatience, dans cette constatation faite par Guido.

Sur ces mots, il quitta sa femme. Elle le vit une heure plus tard, au moment du repas. Pendant ce temps, elle avait ardemment souhaité qu'Ottilie, si réellement elle s'était enfuie, échappât à toutes les recherches. Mais elle sut que son vœu n'était pas exaucé quand, à sa question anxieuse, Guido répondit :

— Elle a été arrêtée au moment où elle

rejoignait le comte Pelnoff à la frontière. Tous deux sont prisonniers et vont être ramenés ici.

Oriane joignit les mains.

— O mon Dieu ! Pauvre, pauvre Ottilie !

Guido fronça les sourcils, en jetant sur sa femme un regard de contrariété.

— Je ne puis t'empêcher de la plaindre intérieurement, mais je désire ne plus entendre les expressions de ta pitié pour un coupable.

C'était la première fois qu'il lui parlait sur ce ton bref et hautain. Elle rougit, sous le coup de l'émotion pénible, et répliqua, les lèvres frémissantes :

— Soit, puisque, je le vois bien, vous êtes insensible à la souffrance, au malheur de votre sœur.

Puis ils se turent tous deux. Guido avait une physionomie durcie et fermée qu'il conserva pendant tout le repas. Il parla peu et ne parut pas s'apercevoir qu'Oriane ne mangeait à peu près rien. D'ailleurs, il semblait éviter de la regarder, comme si lui eût été désagréable la vue de ce visage altéré, de ces yeux fiers et tristes. Quand ils furent revenus dans le salon de Jacob, le comte dit brièvement :

— A ce soir.

Et il se dirigea vers la porte. Mais, au moment de l'ouvrir, il se détourna, revint à Oriane et l'embrassa passionnément. Après quoi, sans un mot, il quitta la pièce.

VII

Il y avait grande chasse le lendemain, dans la forêt qui entourait Tholberg. Dès neuf heures, cavaliers, amazones quittaient le château à la suite du comte Guido et de sa femme. La comtesse Leonora, comme de coutume depuis qu'elle ne pouvait plus monter à cheval, se trouvait en voiture. Elle avait appris, la veille, la fuite et l'emprisonnement de sa fille, que la cour ignorait encore, en dehors des quelques personnes mises, de par leurs fonctions, dans la confidence. Mais elle n'en paraissait pas affectée, si l'on en jugeait par le soin apporté à sa toilette, par son animation un peu nerveuse.

Freihild, vêtue de drap bleu, montait une jolie jument pommelée. Très gaie, les yeux brillants, elle faisait la coquette avec le prince Feldwich, frère de Gisèle. Mais de temps à autre, elle glissait un regard quelque peu anxieux vers don Emilio, qui ne quittait guère des yeux la belle comtesse Oriane. L'air froid avivait le rose délicat de ce visage un peu pâle ce matin au départ, et semblait donner aux yeux un plus vif éclat. Cependant, un observateur aurait remarqué chez la jeune femme quelque nervosité, puis aussi une ombre de tristesse, d'angoisse dans le regard.

C'est qu'à ces moments-là, elle pensait à Ottilie, à l'inflexible dureté de Guido. Bien que celui-ci n'eût pas renouvelé cette attitude prise un instant la veille à l'égard de sa femme, celle-ci sentait bien qu'il se raidirait inexorablement devant toutes les prières et les reproches qu'elle pourrait lui adresser en faveur des deux coupables.

Avant le départ, elle lui avait dit :

— Comme je me sens fatiguée, il est possible que je ne suive pas la chasse jusqu'au bout. Vous n'y verrez pas d'inconvénient ?

— Pas le moins du monde. Agis à ta guise. Quand tu en auras assez, fais-toi accompagner jusqu'au pavillon où je te rejoindrai plus tard.

Pendant la première partie de la chasse, Oriane eut pour compagne la princesse Faldecchi, très bonne écuyère aussi, et s'entretint amicalement avec elle. Le marquis Favella, appelé par cette dernière pour un renseignement dont elle avait besoin, continuait à chevaucher près des deux jeunes femmes. Non loin de ce groupe et ne le quittant guère des yeux, Freihild causait avec M. de Trenlau. Dans son regard, il y avait l'attente guetteuse du félin qui surveille l'occasion propice pour saisir sa proie.

Derrière elle, bien campé sur son cheval gris, se tenait un homme de forte carrure, au visage massif garni d'une longue barbe grise. Il se nommait Swanzel et avait été l'écuyer du père de Freihild. La jeune femme l'avait fait entrer au service de la comtesse Leonora. Ses petits yeux clairs, sous les lourdes paupières bistrées, ne quittaient pas la comtesse Moldau, comme s'ils eussent attendu un signal.

Et ce signal vint. D'un geste en apparence nonchalant, Freihild éleva tout à coup sa cravache. A ce moment-là, Oriane, après un salut gracieux à ses compagnons, quittait la chasse, accompagnée de M. de Trenlau.

Près de là se trouvait l'un des pavillons de chasse, ancienne bâtisse couverte de lierre où devait être servi le déjeuner. Oriane entra dans la grande salle dallée de marbre noir et blanc, au milieu de laquelle était dressée la table, et congédia M. de Trenlau qui retourna rejoindre son maître.

Elle s'assit dans un des grands fauteuils armoriés et, ayant fait venir la femme du garde-chasse qui habitait ici, elle s'informa de ses enfants, voulut qu'elle les lui amenât. Tandis qu'elle s'entretenait avec elle, un des valets de service pour le repas entra, portant une lettre sur un plateau.

— Une petite fille est là, qui prie Sa Grâce de prendre connaissance de ce billet.

Oriane fit sauter le cachet, qui portait des armoiries, et lut ces mots, tracés d'une écriture tremblée :

Madame,

J'ai appris combien vous êtes bonne et qu'on ne fait pas appel en vain à votre compassion. Je suis une malheureuse qui voudrait la solliciter non pour elle, mais pour un être cher. Sachant que vous vous trouvez actuellement au pavillon de chasse qui n'est pas très éloigné de ma demeure, et trop malade pour aller à vous, je vous supplie de venir écouter le triste récit que voudrait vous faire la pauvre.

Jutta de Mensdorf.

La petite servante qui porte cette lettre à Votre Grâce pourra lui servir de guide jusqu'à mon logis.

Ce nom était complètement inconnu
d'Oriane. Elle demanda à la femme du garde :

— Connaissez-vous par ici une Mme de Mensdorf, Clara ?

— Oui, madame.

— Qui est-ce ?

— Une pauvre dame, qui vit toute seule...
une pauvre malheureuse...

La physionomie de la femme témoignait d'un
embarras que remarqua Oriane.

— A-t-elle besoin de secours ?

— Je l'ignore, madame. Elle vit bien petite-
ment, et depuis quelque temps elle est malade...
C'est une triste chose, bien sûr... une triste
chose...

Et, comme si elle souhaitait ne plus être
interrogée, la femme prit le plus petit de ses
enfants qu'Oriane tenait sur ses genoux, en
disant :

— Il embarrasse Votre Grâce, ce gros
garçon-là !

Tandis qu'elle s'éloignait, Oriane relut le
billet. Elle était assez perplexe, se demandant
quelle requête pouvait avoir à lui adresser cette
inconnue. Comment avait-elle su qu'elle se
trouvait aujourd'hui, et à cette heure, au pavillon de chasse ?

La jeune comtesse se leva et sortit de la salle.
Dehors se tenait une maigre fillette, assez pauvrement mise. Oriane lui demanda :

— C'est vous qui avez apporté la lettre ?

— Oui, madame.

— Comment a-t-on su qu'on me trouverait
ici ?

— La cousine de Mme de Mensdorf le lui a fait dire.

— Comment s'appelle-t-elle, cette cousine ?

— Je ne sais pas, madame. Je sais seulement que c'est une dame de la cour.

Oriane restait hésitante. Cette petite avait un regard sournois qui lui déplaisait. Mais si vraiment elle pouvait soulager une infortune ? Après tout, elle ne voyait pas qu'elle risquât quelque chose. Et elle aurait le temps d'être revenue au pavillon avant le retour de la chasse.

— Ce n'est pas loin ? demanda-t-elle.

— Oh ! non, madame.

— Alors, conduisez-moi.

A la suite de la petite fille, elle s'engagea dans un de ces sentiers tracés à travers la forêt. C'était ici, sa partie la moins sauvage. Mais elle l'était encore assez pour que, près d'elle, la forêt de Pierre-Vive pût paraître une sorte de parc.

Au bout d'un quart d'heure de marche, Oriane fit observer :

— Je croyais, d'après ce que m'avait dit la femme du garde, que la maison de cette dame était plus proche ?

— Oh ! nous allons bientôt arriver, madame.

Mais un quart d'heure encore s'écoula avant que l'on atteignît une maison décrépite qui s'élevait au bord d'une clairière. La petite fille ouvrit une porte vitrée qui donnait de plain-pied sur le terrain couvert d'herbe et dit à la jeune comtesse :

— Si vous voulez entrer, madame ?

La pièce où pénétra Oriane était assez grande, garnie de hauts lambris de chêne. Le mobilier paraissait disparate et délabré. Près de la cheminée où brûlait un feu de bois, une femme était étendue sur une chaise longue. Le visage qu'elle tourna vers Oriane avait dû être d'une fine, délicate beauté dont quelque chose demeurait encore, en dépit des traits creusés, du teint blafard. Deux beaux yeux bleus se fixèrent sur l'arrivante avec avidité, une voix affaiblie, un peu oppressée, dit lentement :

— Madame, que vous êtes bonne d'être venue !

— J'ignore qui vous êtes, mais je suis prête à vous procurer tous les soulagements nécessaires, si cela est en mon pouvoir.

— Merci !... Elle m'avait bien dit que vous étiez charitable...

— Qui, elle ?

— Ma parente, une dame de la cour qui m'a parlé de Votre Grâce. Mais elle m'a fait promettre de ne pas révéler son nom, parce que... elle pourrait avoir de graves ennuis, si les seigneurs comtes l'apprenaient.

— Je ne crois pas que monseigneur Guido trouverait un sujet de blâme dans le fait qu'une de ses sujettes s'adresse à moi pour l'aider dans quelque détresse.

— Monseigneur Guido, peut-être... mais le comte Tankred...

Ce nom parut passer avec peine entre les lèvres sèches de l'étrangère.

— Le comte Tankred est très malade et ne s'occupe plus de rien, dit Oriane.

— Oui, je sais... Il va bientôt paraître devant Dieu et connaître un jugement terrible... un jugement tel qu'il le mérite.

Le pâle visage frémissait. Les yeux bleus, tout à coup, parurent s'animer.

— Asseyez-vous, je vous en prie, madame, et daignez m'écouter...

Oriane prit place sur un vieux fauteuil, près de la chaise longue. Machinalement, elle remarqua la robe de chambre usée de son hôtesse, le ruban fané qui ornait le bonnet de dentelle jaunie posé sur les cheveux bruns grisonnants.

L'étrangère reprit, d'une voix un peu sourde :

— Je m'appelle Jutta de Mensdorf. Il y a douze ans, je vivais paisible et heureuse avec mon frère unique Eberhard, dans notre petit château de Burdau. Ayant perdu de bonne heure nos parents, nous étions tout l'un pour l'autre. Un jour, pour mon malheur, le comte Tankred me vit. Je lui plus, hélas ! et il donna à mon frère l'ordre de m'amener à Tholberg où m'attendait un poste de demoiselle d'honneur.

« Eberhard comprit ce que cela signifiait. Il refusa d'obéir et essaya de me faire sortir du comté pour me soustraire à la poursuite du maître. Mais je fus rejointe, enlevée, emportée, à Tholberg. En même temps, mon frère était arrêté et jeté dans les cachots de Golthen. Il y est depuis ce temps, s'il vit encore.

« Car jamais, jamais je n'ai rien su de lui... Comprenez-vous, madame ? Dès l'instant où il disparut derrière les murailles de Golthen, le silence fut fait sur mon frère. Toutes mes tentatives pour connaître son sort se heurtèrent

à une consigne que nul n'aurait osé transgresser,
car le châtiment eût été terrible. A mes supplica-
tions, le comte Tankred répondait impitoyable-
ment : « Vous serez un exemple pour celles qui
seraient tentées de vous imiter, en refusant
d'obéir à leur souverain. »

Jutta s'interrompit, haletante. Oriane l'écoutait sans un geste, les yeux attachés sur le pâle
visage ravagé par la douleur morale autant que
par la maladie.

Sur son front, Jutta passa une main fine, très
amaigrie.

— Je ne sais comment je vis encore ! murmura-t-elle. Oui, comment de pareilles angoisses ne tuent-elles pas ?... Mon frère, mon
Eberhard ! Qu'est-il devenu ? Que lui a-t-on fait
souffrir ? Oh ! mon Dieu !

Oriane se pencha vers la malheureuse. Une
infinie pitié paraissait dans son regard, vibrait
dans sa voix tandis qu'elle disait :

— Vous voudriez que j'essaye de savoir si
votre frère vit encore ?

— Oh ! Madame !... Oui, c'est cela que je
désirais solliciter de vous... et puis... et puis
aussi... Ah ! s'il était encore vivant, croyez-vous
que monseigneur Guido voudrait bien ?...

— Ordonner sa délivrance ? Je l'espère.
Comptez sur moi pour faire le possible dans ce
sens.

Jutta saisit la main de la jeune comtesse et y
appuya ses lèvres.

— Comme il est vrai que vous êtes bonne !...
admirablement bonne ! Ah ! si je l'avais su plus
tôt, je me serai déjà adressée à vous ! Mais je vis

isolée, sans rapports avec le monde. Il y avait des années que la... ma parente n'était venue me voir. Elle voulait, disait-elle, m'engager à vous prendre comme avocate et à profiter pour cela de la chasse qui vous amènerait de mon côté.

— Mais vivez-vous seule, ici ?

— J'ai cette petite servante que vous avez vue. Depuis que je ne puis plus sortir, le curé du village de Brusthal vient me voir chaque semaine. Autrement, personne ne fréquente plus la pauvre Jutta de Mensdorf, ruinée par la confiscation de ses biens, traitée en criminelle après avoir été déshonorée.

Laissant tomber son visage entre ses mains, Jutta étouffa un sanglot.

Oriane la considérait, le cœur serré. Le hasard lui révélait un des crimes du comte Tankred. Un crime odieux. Et dans une soudaine pensée d'angoisse, elle se demandait : « Guido sait-il cela ?... Et l'approuve-t-il ? »

Jutta laissa retomber ses mains et attacha sur la jeune comtesse un regard de pathétique prière.

— J'ai trente-cinq ans, et je mourrai bientôt, car mon malheureux cœur est usé d'avoir trop souffert. Mais je voudrais auparavant savoir, pour Eberhard...

— Je vous promets de m'en occuper tout de suite... Et que puis-je faire d'autre pour vous ? Dites-le-moi bien simplement.

— Merci... merci ! Je suis pauvre, très pauvre, mais peu importe ! J'ai si peu de temps à vivre !

Oriane quitta la malheureuse femme en lui

disant qu'elle reviendrait la voir bientôt. Jutta
avait appelé la petite servante pour qu'elle
reconduisît la jeune comtesse, qui craignait de
ne pouvoir retrouver seule le chemin conduisant
au pavillon de chasse. Mais la fillette s'était sans
doute absentée, car elle ne répondit pas.

— J'arriverai bien quand même à retrouver le
pavillon, ne craignez rien, répondit Oriane à son
hôtesse qui lui témoignait ses regrets.

Au moment où elle passait le seuil, la jeune
femme vit, à quelques pas de la maison, le
marquis Favella. Il avait mis pied à terre et,
tenant son cheval par la bride, semblait regarder
autour de lui de l'air d'un homme qui ne sait
trop où il se trouve.

A la vue d'Oriane, il eut une légère exclamation.

— Votre Grâce, ici !

La jeune comtesse avait réprimé un mouvement de contrariété. Elle répondit :

— Je viens de voir une pauvre femme qui
désirait me parler. Mais vous avez donc quitté la
chasse, don Emilio ?

— Je me suis égaré, madame, et je me
demande précisément lequel de ces chemins
prendre pour regagner le pavillon...

Il désignait trois sentiers qui semblaient
converger dans la même direction.

— Il me semble que je suis arrivée par celui
du milieu ! dit Oriane.

— Votre Grâce me permet-elle de l'accompagner ?

— Mais certainement.

Il n'y avait aucune chaleur dans l'accent de la

jeune femme. Don Emilio ne lui plaisait guère et, de plus, dans l'état d'esprit où la laissait la confidence de Jutta, elle eût préféré la solitude qui lui aurait permis de réfléchir au moyen de venir en aide à cette victime et à son frère si celui-ci vivait encore.

Elle s'engagea dans le sentier et derrière elle, marcha le marquis Favella, qui suivait son cheval. Elle ne parlait guère, se forçant parfois à adresser quelques mots à son compagnon, lequel lui répondait d'un ton où il faisait passer toute la douceur insinuante qui était, pour certaines femmes, l'une de ses grandes séductions. Mais elle eut une exclamation quand elle vit que le sentier aboutissait à la berge d'un étang.

— Je me suis trompée ! Nous voilà tout à fait égarés.

— Oh ! nous allons bien retrouver notre route, ne craignez rien, madame ! En prenant ce chemin à gauche, je crois que nous serons dans la bonne voie.

— Soit ! Mais marchons vite, car je ne voudrais pas être en retard pour le retour de la chasse.

Très ennuyée, Oriane prit le sentier indiqué. Mais il avait plu les jours précédents et le sol boueux ne se prêtait guère à une marche rapide… Elle pensait à la surprise de son mari, s'il ne la trouvait pas au pavillon de chasse. Quelle explication lui donnerait-elle, devant tous, puisqu'elle ne pouvait lui parler que seule à seul de Jutta de Mensdorf ?

Derrière elle, dont Emilio souriait, visiblement très satisfait de l'aventure. Parfois, il jetait un coup d'œil sur une petite boussole placée dans une poche de son habit. Swanzel, le serviteur de la comtesse Leonora, l'espion et l'âme damnée de Freihild, lui avait dit :

— Arrangez-vous pour l'égarer, allez dans la direction du nord, car ainsi vous vous éloignerez du pavillon de chasse.

Qu'espérait ainsi le marquis Favella ? Il n'avait pas de projet précis, mais il comptait agir selon les circonstances, profiter de l'affolement de la jeune comtesse, quand elle se verrait perdue avec lui dans l'immense forêt, pour l'effrayer à la pensée de la colère du comte Guido et l'émouvoir en lui ouvrant son amour, son entier dévouement. Aveuglé par la passion, grisé par le pouvoir de sa séduction, il ne doutait guère du succès et ne voyait pas en quelle folle, terrible aventure le lançaient Leonora et Freihild dans le seul dessein de nuire à Oriane.

— Je crois que nous sommes complètement perdus, don Emilio !

La jeune femme s'arrêtait à une croisée de sentiers, en regardant autour d'elle avec effroi.

— J'espère que non, madame ! Continuons dans cette direction... Mais vous semblez bien fatiguée ?

— Je commence en effet à n'en plus pouvoir. Cependant, il ne faut pas nous arrêter. Allons, allons !

Et elle s'engagea dans le sentier que lui avait désigné don Emilio.

Au bout d'un quart d'heure, ils débouchèrent dans une clairière où s'élevait une maison basse, construite en rondins de chêne. Oriane eut une exclamation de soulagement.

— Une maison de garde! On va, là, nous remettre dans le bon chemin.

Don Emilio retint un juron. Ceci représentait pour lui une catastrophe. Mais il ne voyait aucun moyen de l'empêcher.

Dans la maison, il y avait une jeune femme et trois petits enfants. Quand Oriane lui demanda par où elle pourrait regagner le pavillon des Trois-Cerfs, elle s'écria :

— Oh! vous en êtes loin, madame! Si mon mari était là, il vous y conduirait. Mais il ne rentrera pas avant une demi-heure, trois quarts d'heure.

— Indiquez-nous la direction, cela suffira, dit don Emilio.

Mais Oriane déclara :

— Non, je préfère attendre le garde, car je ne me soucie pas de m'égarer encore.

Elle avait remarqué, dans le regard du jeune Romain, une expression qui l'avait inquiétée et ne voulait plus se retrouver seule avec lui sur les routes de la forêt.

Il essaya d'insister, mais elle maintint résolument sa volonté, en ajoutant qu'elle avait d'ailleurs besoin de repos avant de repartir.

— Mais vous pourriez monter en croupe sur mon cheval, madame. Nous arriverions ainsi beaucoup plus vite et sans fatigue pour vous.

Elle refusa encore, un peu sèchement. Cet étranger, avec son regard trop câlin, sa voix trop douce, lui déplaisait de plus en plus.

Elle demeura donc assise dans la salle où allait

et venait la femme du garde. Comme elle n'avait
pas déjeuné, elle accepta un peu de pain et de
lait. Mais cette nourriture avait peine à passer,
car la pensée de l'inquiétude de Guido la
tourmentait. Il allait la faire chercher dans la
forêt. Que devait-il penser de cette disparition ?

Non loin d'elle, don Emilio, assis, tordait
nerveusement un de ses gants, en songeant que
sa manœuvre allait échouer par la faute de cette
fière et trop défiante jeune femme. Mais il ne
mesurait pas encore quel orage il venait d'amas-
ser sur sa tête.

VIII

Il était un peu plus de midi quand le comte
Guido, sa mère et leur suite arrivèrent au
pavillon de chasse où devait être servi le repas.
En entrant dans la salle, Guido demanda,
s'adressant à l'un des valets debout contre le
mur :

— La comtesse Oriane n'est pas là ?

— Non, monseigneur. Sa Grâce n'est pas
encore revenue.

— Revenue ? D'où ?

— Je ne sais, monseigneur. Sa Grâce a quitté
le pavillon il y a un certain temps en compagnie
d'une petite fille.

— Qu'est-ce que signifie ? Qui est cette petite
fille ?

— Je l'ignore monseigneur. Mais elle appor-

tait une lettre que j'ai remise à Sa Grâce. La
femme du garde était là, elle saurait peut-être...

— Fais-la venir.

Derrière Guido, la comtesse Leonora et Freihild échangeaient un rapide coup d'œil. Leur
machination — dans sa première partie du
moins — semblait avoir bien réussi.

La femme du garde, fort troublée en présence
du seigneur comte, réussit néanmoins à répondre aux questions posées. Elle dit que la lettre
venait de la baronne de Mensdorf qui habitait un
vieux logis dans la forêt à deux kilomètres du
pavillon de chasse.

— Qui est cette personne ? demanda le
comte.

La femme parut embarrassée.

— Une dame malheureuse... malade et bien
pauvre...

— Mensdorf ?... J'ai entendu ce nom. Ah !
oui, je m'en souviens. Il y avait un baron de
Mensdorf qui fut emprisonné pour je ne sais
quel crime. Cette personne est-elle sa femme ?

— C'est sa sœur, monseigneur.

« Que pouvait-elle bien vouloir à Oriane ? »
dit Guido, se parlant à lui-même.

Puis, se tournant vers sa suite, il demanda :

— Quelqu'un de vous la connaît-il ?

— Jutta de Mensdorf est un peu ma parente,
dit Freihild. Mais je n'ai plus de relations avec
elle depuis quelques années.

La comtesse Leonora fit observer :

— Sans doute a-t-elle voulu adresser quelque
supplique à Oriane ?

— Oui, mais cela n'explique pas qu'Oriane s'attarde ainsi.

Guido réfléchit pendant quelques secondes, puis ordonna :

— Qu'on serve... Vous, Trenlau, faites-vous conduire chez cette baronne de Mensdorf et prévenez la comtesse que je l'attends.

Le repas n'était pas terminé quand on entendit le cheval de M. de Trenlau s'arrêter devant le pavillon. Le premier écuyer entra. Sa physionomie témoignait d'une forte émotion. Il s'avança vers le comte et dit vivement :

— Monseigneur, je ne sais ce qui s'est passé ! Je n'ai pas vu la comtesse, mais, dans cette maison, il y a une femme et une petite fille mortes, poignardées !

Des exclamations d'horreur s'élevèrent. Le comte Guido avait eu un sursaut. Il répéta — et sa voix avait une intonation un peu rauque :

— Poignardées ?... Alors, qu'est devenue...

Puis, brusquement, il ordonna :

— Mon cheval, Trenlau. Nous partons à la recherche de la comtesse.

Quelques minutes plus tard, il s'éloignait avec son premier écuyer, après avoir donné ses instructions à quelques-uns des chasseurs pour qu'ils explorassent la forêt dans d'autres directions. En outre, il donna l'ordre d'aller chercher son chien Attila pour le lancer sur la piste de la jeune femme.

La comtesse Leonora s'était assise en affectant un grand accablement. Autour d'elle, on discutait à mi-voix sur l'événement. L'opinion générale était que la jeune comtesse avait été attirée dans un guet-apens.

— Mais si elle n'a pas été tuée, monseigneur Guido découvrira probablement les ravisseurs, dit le prince Feldwich, le père de la belle Gisèle. Du moment qu'Attila sera de la partie, avec son flair extraordinaire, il la retrouvera morte ou vive.

La comtesse Leonora réprima avec peine un frisson. Elle chercha le regard de Freihild, où elle vit quelque anxiété. Aucune d'elles n'avait pensé au terrible dogue de Guido, si attaché à Oriane et qui aurait tôt fait de mener les chercheurs sur la bonne piste.

Une heure s'écoula. Puis on entendit les pas d'un cheval et les personnes de la suite qui se tenaient au-dehors entrèrent en s'écriant :

— Voilà le marquis Favella avec un homme en croupe !

L'absence de don Emilio avait dû passer inaperçue du comte Guido, car il n'y avait pas fait allusion. Ou bien avait-il pensé qu'il s'était égaré, comme il était advenu d'autres fois à des hôtes étrangers. Mais certains n'avaient pas été sans rapprocher cette disparition avec celle de la jeune comtesse.

La comtesse Leonora se leva précipitamment, alla vers la porte. Au même moment apparaissaient Guido et M. de Trenlau. A la vue des deux hommes qui descendaient de cheval, le comte s'écria :

— Qu'est-ce ? D'où venez-vous, don Emilio ?

Le marquis Favella n'était pas rassuré. Il commençait à comprendre que l'affaire allait mal tourner pour lui. En réprimant du mieux possible son embarras, il s'avança vers Guido :

— Nous nous sommes égarés, la comtesse Oriane et moi. La comtesse attend dans la maison forestière de la Louve qu'on lui amène un cheval...

— Vous vous êtes égarés ?

Le comte appuya sur le « vous ».

— A quel propos vous trouviez-vous avec la comtesse ?

Don Emilio dut baisser les yeux sous le dur regard qui s'attachait à lui. Sa voix tremblait un peu en répondant :

— Je l'ai rencontrée comme elle sortait d'une maison de la forêt, où elle avait été voir une personne malade. Elle ne connaissait guère le chemin pour le retour, et moi non plus... Nous nous sommes trompés de sentier...

L'interrompant sans façon, le comte dit à son premier écuyer :

— Prenez le cheval de la comtesse et accompagnez-moi.

Quand ils se furent éloignés, la comtesse Leonora donna le signal du retour au château, « puisque maintenant, dit-elle avec un enjouement forcé, il n'y avait plus lieu à inquiétude ». Une sorte de malaise semblait peser sur tous. Ces courtisans, habitués à guetter l'humeur de leurs maîtres, sentaient planer une terrible menace sur don Emilio. Aussi feignaient-ils de ne pas s'apercevoir de sa présence. La comtesse Leonora et Freihild agissaient de même. La dame d'honneur avait pris place dans la voiture sur l'ordre de la comtesse qui se sentait mal à l'aise, disait-elle. Certes, elle avait une mine fort défaite. Mais, surtout, elle avait hâte de parler à sa confidente.

— Je crains que tout cela n'amène de graves complications pour nous, Freihild ! Il aurait fallu que don Emilio s'arrangeât pour demeurer plus longtemps près d'elle, il aurait fallu qu'on ne les retrouvât que demain matin.... Puis Guido est trop perspicace. Il va flairer une machination contre sa femme. En outre, cette mort de Jutta et de sa servante est une erreur, à mon avis.

— Nous ne pouvions l'éviter, dit froidement Freihild. Jutta, en dépit de sa promesse, aurait pu raconter que je l'avais incitée à solliciter la comtesse Oriane, et l'enfant aurait sûrement parlé. Au reste, la vie n'était que souffrance pour ma cousine ; c'est donc un service que lui a rendu Swanzel en la supprimant.

La comtesse Leonora frissonna :

— Tu as un sang-froid, Freihild !... Et quand Guido interrogera don Emilio, celui-ci lui dira que c'est toi qui l'as engagé à...

— Je nierai, voilà tout. Don Emilio peut inventer des mensonges, pour sa défense. Il n'y a pas de preuves contre moi.

— Guido n'a pas besoin de preuves pour juger... et condamner.

Freihild dit sourdement :

— Tant pis ! Si je perds la partie, je payerai, voilà tout. Mais avant cela, je me serai vengée... par tous les moyens.

La comtesse frissonna encore. Sa main, glacée, se posa sur celle de Freihild, qui brûlait.

— Je t'en prie, pas de folies ! Pense à ce que

te réserverait monseigneur Guido. Les cachots de Golthen sont épouvantables, dit-on.

Le visage de Freihild eut un long frémissement et la comtesse sentit trembler sa main. Cependant, ce fut avec un accent farouche que la jeune femme riposta :

— Je suis prête à tout pour me venger d'elle... et je prendrai sur moi toutes les responsabilités, ne craignez rien, madame.

La comtesse Leonora soupira en murmurant :

— Oh ! il saura bien m'en découvrir, à moi aussi !

IX

Dans la journée du lendemain, on apprit que l'état du comte Tankred s'était aggravé, au point que sa fin n'était plus qu'une question d'heures.

Il expira dans la nuit. Sa femme et son fils se trouvaient près de lui. Derrière eux, le chapelain de Tholberg priait pour l'homme qui allait paraître devant son Juge, dépouillé de tout ce qui avait jusqu'alors fait son orgueil, ne conservant que le lourd poids de ses fautes, de ses crimes... à moins que le repentir, peut-être...

Le comte Guido, les bras croisés, regardait le visage blême du moribond. A quoi songeait-il ainsi, le front barré d'une profonde ride, la bouche un peu crispée ? Voyait-il, en pensée, la femme que lui avait décrite Oriane, la malheureuse Jutta, victime de son père ? Pensait-il au captif enfermé encore entre les sinistres murs de Golthen, à cet Eberhard de Mensdorf qu'il avait promis à Oriane de rendre à la liberté, s'il en était temps encore ?

Près de lui, la comtesse Leonora, affaissée dans un fauteuil, détournait les yeux de ce lit où agonisait son mari. Elle n'avait jamais pu supporter le spectacle de la mort, mais elle n'avait osé cette fois s'y soustraire, par crainte de son fils. Déjà celui qui s'en allait de ce monde n'était plus rien pour elle. Cependant elle l'avait aimé, elle avait été son esclave. Mais maintenant, il n'y avait plus rien en lui du beau, orgueilleux, puissant comte Tankred sous la domination duquel, joyeusement, elle pliait la tête. Toute sa pensée, en ce moment où son mari allait quitter ce monde, s'attachait à une seule idée : qu'allait faire son fils, surtout s'il la soupçonnait d'avoir cherché à nuire à Oriane ?

Elle avait demandé à Guido si sa femme était souffrante, en ne la voyant pas venir assister aux derniers moments de son beau-père. Il avait brièvement répondu qu'elle était très fatiguée — chose assez naturelle d'ailleurs, après la marche qu'elle avait dû faire la veille dans la forêt. Après quoi il n'adressa plus la parole à sa mère durant tout le temps qu'ils demeurèrent près du mourant.

Quand le comte Tankred eut expiré, la comtesse voulut prendre la main de son fils. Il la laissa faire, mais en même temps la regarda, droit dans les yeux. Elle ne put supporter ce regard, baissa les paupières et se recula, les jambes flageolantes. Elle avait lu dans les yeux de Guido sa condamnation.

En rentrant dans son appartement, elle dit à Freihild qui venait au-devant d'elle :

— Il sait tout ! Nous sommes perdues !

Freihild, très pâle, inclina la tête. Elle dit à mi-voix :

— Swanzel n'a pas reparu. Il doit être prisonnier.

— Prisonnier ? Mais alors, il parlera !… il dira tout… tout, Freihild.

La comtesse Leonora regardait sa confidente avec épouvante.

Un sourire cynique vint aux lèvres de Freihild.

— Croyez-vous que monseigneur Guido vous en veuille beaucoup de cela, madame ? Sans la mort opportune de son père, il ne serait pas aujourd'hui le comte souverain de Faldensten !

— Oui… mais cette considération ne l'empêchera pas de punir ce… crime. Oh ! Freihild, il faut fuir… fuir toutes deux, car moi aussi, je suis menacée. Il comprendra que j'ai connu tes projets, que je les ai tout au moins approuvés par mon silence. Freihild, il faut fuir !

— Je veux bien essayer… mais on ne sort pas facilement de Faldensten.

La comtesse dit fiévreusement :

— Il faut profiter du bouleversement produit par la mort de monseigneur Tankred. Je vais mettre dans un sac de l'or, des bijoux. Toi, fais préparer une voiture, cherche un domestique sûr pour nous conduire…

— Je verrai, dit Freihild.

Mais sa physionomie disait clairement :

« Tout est inutile. Monseigneur Guido sera le plus fort ! »

Dans l'après-midi du lendemain, Oriane vint prier près du lit de parade sur lequel était étendu le comte Tankred. Elle était accompagnée d'Ottilie, que Guido venait de faire sortir de sa prison. Près du défunt, elles retrouvèrent l'abbesse et la comtesse Hélène. Toutes quatre gagnèrent ensuite l'appartement d'Oriane. Après quelques instants d'entretien, l'abbesse annonça qu'elle allait saluer sa belle-sœur.

— Je me suis rendue chez elle ce matin et n'ai point été reçue, dit Oriane. Voulez-vous, madame, que je lui fasse demander si elle se trouve en état de recevoir votre visite ?

L'abbesse acquiesça. Mais comme Oriane donnait ses ordres à un page appelé par elle, le comte Guido entra. D'une voix mordante, il déclara :

— Inutile, Oriane. Ma mère n'est pas encore visible cet après-midi.

Au ton, à la physionomie de son mari, Oriane comprit qu'il se passait quelque chose d'anormal. Elle en eut l'explication quand l'abbesse et ses nièces s'étant retirées, Guido lui apprit que la comtesse Leonora et la comtesse Moldau avaient tenté de fuir, mais qu'on venait de les arrêter sur son ordre et qu'on les ramenait à Tholberg.

— Fuir ? Mais pourquoi ? demanda Oriane, stupéfaite.

— Eh bien ! ma très chère, parce qu'elles avaient ourdi ensemble quelque machination pour te perdre dans mon esprit, en se servant de

cet imbécile de Favella, et que voyant leur agent
d'exécution découvert, prisonnier, elles ont pris
peur, elles ont tenté d'échapper au châtiment.

— Est-ce possible ? Oh ! Guido !... Leur
agent d'exécution, dites-vous ? Qui est-ce ?

— Un homme attaché au service de sa mère,
tout dévoué à la comtesse Moldau. C'est lui qui
a tué Jutta de Mensdorf et sa servante.

Oriane eut un cri d'horreur.

— Mais c'est épouvantable ! Comment avez-
vous appris cela ?

— J'ai une police bien faite. Je me défiais de
cette Freihild et la faisais surveiller... Mais tout
cela t'émeut trop, Oriane. Oublie ces choses
pour le moment.

Il appuyait contre son épaule la tête de la
jeune femme, assise près de lui. Oriane, les
larmes aux yeux, murmura :

— Cette malheureuse Jutta !

— Elle est en repos, désormais... et son frère
aussi !

— Son frère ?

— Il est mort il y a quatre ans.

Oriane baissa les yeux en frissonnant. Le
bourreau avait maintenant rejoint dans l'éter-
nité ses deux victimes. Le bourreau, le crimi-
nel... le père de Guido.

— C'est... c'est terrible ! dit-elle tout bas.

Guido la serrait contre sa poitrine. Il ne disait
rien, mais Oriane sentit que ses lèvres frémissaient en se posant sur ses paupières.

Le soudain départ du marquis de Favella, au
lendemain de la chasse, ne surprit point les

courtisans qui avaient vu le regard de leur souverain s'abaisser sur l'étranger, avec cette expression que nul ne pouvait soutenir sans trembler jusqu'aux moelles. On se chuchotait que don Emilio avait été expulsé de l'Etat de Faldensten, comme un malfaiteur. Et puis, plus bas encore, à mots couverts, on parlait d'un autre fait beaucoup plus mystérieux : l'étrange disparition de la comtesse Moldau.

Depuis la mort du comte Tankred, personne ne l'avait vue. De même s'était volatilisé Swanzel, le serviteur favori de la comtesse Leonora. Celle-ci, malade, disait-on, ne quitta son appartement que pour les funérailles de son mari, célébrées six jours après que le comte eut rendu le dernier soupir. Si bien fardée qu'elle fût, elle ne pouvait dissimuler l'altération de son visage, le vieillissement qui s'était produit en ces quelques jours. Aussitôt après la fastueuse cérémonie, elle disparut dans son appartement, sans que Guido lui eût adressé la parole. Et, le surlendemain, elle partait pour le château de Briden, situé à l'autre extrémité de la forêt, accompagnée seulement de quelques serviteurs.

Swanzel, mis à la question, avait tout avoué : la machination ourdie pour compromettre Oriane avec le marquis Favella, le meurtre de Jutta et de sa servante, puis cette autre chose encore, que n'avait pas soupçonnée le comte Guido : le lent empoisonnement de son frère Günther, perpétré par ordre de Freihild avec la complicité du docteur Frunck, afin que la souveraineté revînt au cadet.

Swanzel, sur une question du comte, dit que la comtesse Leonora n'avait rien ignoré.

Frunck, à son tour, dut faire des aveux, et cela amena la découverte d'un autre crime : sur l'ordre du comte Tankred, il avait forcé la dose d'un remède donné à la comtesse Maria-Annunziata, que le cœur, un peu faible, n'avait pu supporter.

Nul, même Oriane, à qui jamais il n'apprit ces faits, ne connut ce que produisirent de telles révélations sur le comte Guido. Mais, peu de temps après, il annonça à sa femme qu'ils s'installeraient désormais à Palsheim pendant la plus grande partie de l'année. Sans doute, l'atmosphère de Tholberg lui semblait-elle maintenant trop lourde, trop sinistre, pour y laisser vivre Oriane et leur fils. Sans doute aussi voulait-il essayer d'écarter le souvenir du père coupable, de la mère sans scrupule, que l'orgueil de la race chez l'un, une idolâtrie maternelle dévoyée chez l'autre, avaient conduit jusqu'au crime.

Ottilie, maintenant, ne craignait plus d'être contrainte à un mariage odieux. Guido avait prétexté son état de santé précaire pour rompre les fiançailles avec l'archiduc. Elle attendrait ainsi plus patiemment que son frère l'autorisât à épouser le comte Pelnoff, sorti des prisons de Tholberg et retourné dans son pays.

Ainsi, l'influence de la jeune comtesse commençait à transformer cette cour de Faldensten, par le discret ascendant qu'elle exerçait sur le nouveau souverain. Déjà, elle était bénie de tous ceux qui avaient souffert sous l'implacable et trop souvent injuste domination des seigneurs loups.

Hélène de Faldensten le lui disait, un soir d'été, tandis qu'elles causaient toutes deux sur la grande terrasse du château de Palsheim douce-ment éclairée par des lampadaires à globes opalins. Un peu plus loin, Ottilie jouait aux cartes avec Aimery et les dames d'honneur et, de temps à autre, s'élevait son rire, clair et gai.

— Elle aussi vous doit sa délivrance et l'es-poir d'être heureuse un jour, ajouta la jeune chanoinesse en désignant sa sœur. Vous êtes le bon génie de notre famille, Oriane.

— Je voudrais être aussi le vôtre, mon amie, dit Oriane.

— Il est trop tard, ma chère sœur. Désor-mais, je veux m'accoutumer à mon sort, avec l'aide du Seigneur dont je m'efforcerai de deve-nir la fidèle servante. Plus tard, dans l'abandon au vouloir divin, j'acquerrai la paix promise aux âmes de bonne volonté.

Pendant un moment, les deux belles-sœurs gardèrent le silence. Des parterres fleuris mon-tait un chaud parfum d'héliotrope et de rose. Dans une allée, entre les charmilles profondes, Agnele et Madalena se poursuivaient avec de petits cris joyeux.

Plus bas, avec une émotion qui faisait trem-bler sa voix, Hélène ajouta :

— Il faut que je prie... beaucoup, et que j'expie...

Oriane ne demanda pas pour qui ces prières et ces expiations. Elle aussi évoquait le souvenir de l'orgueilleux comte Tankred, de cette comtesse

Leonora souple et féline en ses robes aux vives nuances. Et, dans les générations précédentes, quel poids de crimes, d'injustices, d'iniquités odieuses ! Oui, Hélène pouvait prier, offrir sa jeune vie sacrifiée pour faire baisser un peu la balance de la justice divine.

Dans le parterre, la voix de Benvenuta s'éleva, appelant Agnele et Madalena. Puis apparut, au seuil d'un des salons, la haute silhouette du comte Guido. Il s'assit près de sa femme en posant sur une table des gazettes qu'il tenait à la main.

— Des nouvelles de France ? demanda Oriane.

— Peu de chose. Je dois en avoir ces jours-ci par la chancellerie de Vienne. Mais je crois, Oriane, que tu ne reverras pas encore tout de suite ton cher domaine, ta forêt comtoise...

La jeune femme répéta, pensivement :

— Pierre-Vive !... Ma forêt !...

Le vieux, le cher château, son parc un peu sauvage, les sapins murmurants de la forêt, l'humble maison où était morte la tante Elisabeth.

Oui, elle serait heureuse de tout revoir. Et puis, joyeusement, elle reviendrait ici reprendre sa tâche de souveraine, d'épouse, de mère, dans cet Etat de Faldensten où régnait Guido, le seigneur loup — qui, espérait-elle, ne mériterait plus ce surnom terrible dont on avait marqué ses ascendants.

FIN